触摸
一座城市
的温度

CHUMO
YIZUO CHENGSHI
DE WENDU

邓仕勇 白雪——著
巫志华——策划
惠城区文化广电旅游体育局——出品

SPM
南方出版传媒
广东人民出版社
·广州·

图书在版编目（CIP）数据

触摸一座城市的温度/ 邓仕勇，白雪著. —广州：广东人民出版社，2019.8

ISBN 978-7-218-13742-1

Ⅰ.①触…　Ⅱ.①邓…②白…　Ⅲ.①报告文学—中国—当代　Ⅳ.①I25

中国版本图书馆 CIP 数据核字（2019）第 148786 号

CHUMO YIZUO CHENGSHI DE WENDU

触摸一座城市的温度

邓仕勇　白雪　著

出　版　人：肖风华

责任编辑：曾玉寒　伍茗欣
封面设计：闰江文化
责任技编：周　杰　周星奎

出版发行：广东人民出版社
地　　址：广州市海珠区新港西路 204 号 2 号楼（邮政编码：510300）
电　　话：（020）85716809（总编室）
传　　真：（020）85716872
网　　址：http://www.gdpph.com
印　　刷：广东鹏腾宇文化创新有限公司
开　　本：787mm×1092mm　1/16
印　　张：12.25　字　数：200 千
版　　次：2019 年 8 月第 1 版
印　　次：2019 年 8 月第 1 次印刷
定　　价：45.00 元

如发现印装质量问题，影响阅读，请与出版社（020－85716808）联系调换。
售书热线：020－85716826

# 序

## 爱心与智慧之花的绽放

### ——读长篇报告文学《触摸一座城市的温度》

章以武

城市在生长，在发展，在发生历史性的巨变，城市也必然会遇到天下第一难题：拆迁！君不见街头巷尾到处是赫赫然的"拆"字吗？广东省惠州市惠城区，这个"半城山色半城湖"的市中心城区，为我们提供了在拆迁中如何创出了零上访、零事故、零投诉、零群体事件的范例。而那背后，要经历多少风雨、挫折、委屈、磨破嘴皮的日日夜夜啊。因为拆迁的，不仅仅是老旧、凋敝、杂乱无章的旧屋老宅，同时也拆掉了老百姓生于斯长于斯的美好记忆。拆迁队伍的每一位成员心里，都牢记八个大字：爱心拆迁、阳光拆迁。他们跟老百姓面对面零距离地交谈、商量、签约，既讲美好前景，大情大爱，也讲桑梓深情，油盐柴米，也换位思考，厚德宽人。读这个长篇报告文学，不仅带给我们许多陌生的惊喜与现实生活浑厚的魅力，同时也让我们清晰地看到，在改革开放再出发的号角声中，惠州儿女英姿勃发奋力向前的身影！所以说，这个长篇报告文学极具魅力，很有创新意识！

拆迁队伍，浩浩荡荡。他们把美丽嵌入心里，把灿烂种入心间，把目标装进脑门，把困难踩在脚下，出发。他们走向山坡田间果园竹林，走进两侧矮墙痴长着簕杜鹃的小巷。他们怀里揣着"惠州市惠城区征收拆迁业务指导"的文件，照此办理不就顺风顺水了，差矣，没那么简单！文件只是文件，人是活的，要人去吃透文件，去执行，才能出效果。这就考验拆迁干部的爱心与智慧了。他们懂得执行文件要心巧，要活学，要联系拆迁户的实际，对准下药，不可死板，否则枉读文件，会背诵也是白搭。可负责拆迁的干部程前，经过一番实地调查，从容淡定，前前后后、反反复复跟村民促膝谈心，算了三笔账：一是你们现在生活小康，不少人开靓车住大屋，可你们逝去的老祖宗过得可不好啊，头碰头，脚碰脚，密密匝匝挤在一个小山包上，会舒服吗？二是政府已经给你们村规划好一片墓地，那边好风水，设计高端上档次，天上没有高压线经过，图纸我带来了，各位不妨去实地看看。三是拆迁坟墓跟拆迁房子一样，先拆的可以优先选地方。村民听了个个点头称是，让祖先也搬个月白风清的新居多好。程前真是想得周到，说，之前规定每户500元的补偿确实偏低，当场建议区政府统一买金埕罐，统一搬迁，并为每个金埕罐预交20年的管理费。于是，迁坟这件大难事就这么圆满地解决了。我们可以看到程前为老百姓办事是何等心巧、心细、心密！除了心巧，还要心诚，拆迁人员面对被拆迁者要有一颗诚心，去感动人家，而不是吹胡子瞪眼睛训斥别人。彭振宇，一位不忘初心的共产党员，在兴建"中职教育城"的工程中，与名叫钟友的"难通户"相遇了，若不阳光拆迁，将严重影响施工进程。在钟友家二楼阳台，堆满了石块、瓶瓶罐罐。你敢来拆，他跟你玩命。彭振宇没有退缩，硬是冒着风险硬顶上。他深信，人心肉做，只要动之以情，晓之以理，一定能化干戈为玉帛。他进了钟家门，不仅为钟家小宝宝喂米糊，还为他家接好短路的电线。一来二往品茶慢酌，拆迁之事也就顺理成章地解决了。因为在钟友的眼里彭振宇是一位可以信任的朋友！刘圆浩，也是一位共产党员，健谈热心的80后。在莞惠轻轨项目的拆迁中碰到了"拦路虎"，怎么办？他心热嘴快腿勤，帮助拆迁户解决住进安置房之后将要遇到的子女就近上学的难题；同时，对拆迁中的特殊困难户，如残疾、单亲等情况，进行了政策允许下的特事特办。他为民排忧解难的行动，深深地打动了拆迁户们，大家都有眼看啊。这是一位有情有义的好人，就是要支持他的工作才对。其实，像彭振宇、刘圆浩这样金子般闪光的好党员，在这本报告文学中俯拾皆是，因为作者写的就是"群英谱"！

作为报告文学这样的文学形式，它既强调时效性、思辨性，又注重描绘真实的故事与人物去感染读者、鼓舞读者。在《触摸一座城市的温度》里，作者痕迹并不多，更多的是通过一个个鲜活的人物，通过一个个曲折离奇、充满悬念的故事形象地感染与说服读者。你只要随意翻翻这本书，就会被"俘虏"、被吸引。《半颗巧克力和一块金子》《"我要拆迁干部做女婿"》《骆记豆腐坊的"全家福"》，多么让人喜闻乐见，留下深刻印象，这也是这本书最主要的艺术特色。

这部优秀的报告文学，让我们照见了时代，照见了绿色、文明、现代的惠州，照见了惠州人的爱心与智慧！

2019 年 5 月 12 日

（作者系中国作家协会会员，广州大学人文学院教授。曾任广东省作家协会副主席、广州市作家协会主席。获第二届广东文艺终身成就奖。）

# 目　录

**说明**

为保护个人隐私，

我们将文中人名改用了化名，

请读者诸君理解与包容。

——作者

# 导　语

　　惠州是广东省的历史文化名城，隋唐时已是"粤东重镇"，素有"岭东名郡""粤东门户""半城山色半城湖"之美誉。千百年来惠州一直都是东江流域政治、经济、军事、文化中心和商品集散地，如今更是国家历史文化名城、国家园林城市、国家卫生城市，并连续五年荣获"全国文明城市"的光荣称号。而位于惠州市中部，东江中下游、珠江三角洲东部，南临南海大亚湾，与深圳、香港毗邻的惠城区，已是惠州市的中心区，也是惠州市政府所在地。殊不知，从明洪武二十一年（1388 年）惠州设卫城开七门奠定城市格局以来，到 30 多年前的 1988 年惠阳（当时行政区划为惠阳地区）撤区设市时，惠州市的惠城区还处在"三个一"的落后境地："一条马路、一路公交车、一个交通执勤岗"。用第一位地改市市委书记邓华轩的话说就是"道路不平、电灯不明、电话不灵"。

　　沧海桑田，斗转星移。随着人类文明脚步的加快，城市化的速度也日益加快。人口剧增，并大量聚集在工业化程度越来越高的城市里，城市管理面临着前所未有的艰巨和困扰。环境的治理、生态的治理迫在眉睫。纵观全球，几乎每一个国家，每一座城市，其发展脉络莫不重复这样一个模式：前 50 年，牺牲环境来换取发展；后 50 年，牺牲发展来换取环境。所庆幸的是：从野蛮无尽地向大自然索取的前工业化时代，到以生态为本的绿色经济时代，人类正在一步步向着自由王国迈进。

以惠州市惠城区为例，在城市飞速发展的进程中，"拆迁"是一个避不开的话题，敏感而又沉重，因为它拆掉的不仅仅是那些老旧、凋敝、杂乱无章的旧屋老宅，同时也拆掉了老百姓生于斯长于斯的美好记忆，拆掉了他们故土难离的情分。但如今的惠城区已是惠州市政治、经济、文化和商业贸易的核心区域，城在山中、楼在林中、景在水中、人在画中，如同一幅酣墨淋漓的山水画，成为改革开放 40 年惠州城市发展的缩影。

惠城区政府是如何处理好征拆补偿这一情况的？如何让牺牲了个体利益和短期效益的平民百姓看到了长远的更大的利益？如何创出了零上访、零事故、零投诉、零群体性事件的工作局面？如何让"拆迁"这个冰冷的字眼变得有骨血有温度？这其中有许多跌宕起伏、鲜为人知的故事。而这一个个的小故事，就像串起来的一串珍珠，在温煦的岁月里，闪烁着属于这个时代的美丽的光芒。

# 第一章　破局

## 一、无赖式的"难通户"

一辆大型挖掘机伸着长长的铁臂，不时地发出震耳欲聋的轰鸣声，却不敢向前半步。在履带前面有一堵人墙，人们手中都拿着锄头、铁锹和扁担，有的还拿着一把大锅铲，一副凛然不可侵犯的样子。剑拔弩张的场面如同在拍电影。

"让开！快让开！你们这样做是违法行为！"几个穿着制服的民警企图驱散人墙。

"我们保护自己的家园，违什么法了？"一个身材浑圆的妇女大声说道。

"就是就是，我们保护自己的房子，何罪之有？"另外几个妇女齐声附和道。

"按政策，这栋房了是没有经过审批的违章建筑，必须得拆除！"一个拆迁干部平静地解释道。

"违章建筑？我们村里的房子有哪间是经过审批建起来的？这么说是不是村子里的房子都要拆掉？"那个女人唾沫横飞地喷了拆迁干部一脸。

"就是，盖房子的时候你们不说要审批，房子建好了，你们想拆就拆，还有没有天理了？"

"对对对，有本事你们过来全部拆掉！"

……

征拆人员苦口婆心的劝阻声被村民尖厉的叫骂声淹没，双方僵持不下，场面一片混乱。

一高个子民警走到一个指挥拆迁的领导面前："黄队长，怎么办？"

被称为黄队长的人，眉头拧成一个"川"字，看似平静的脸，内心却在激烈地挣扎着。这个叫刘光子的"难通户"真是让人头痛，他违章抢建了一栋两层楼房，得知不能获得赔偿后，每次拆迁工作组要来拆除时，他和妻子陈碧芬都会鼓动一些村民来阻挠。为了得到他自认为该得到的补偿款，置自己和他人的生命安全不顾，真是可怜又可恨！

因为刘光子这个"难通户"，这个项目已经拖了好几个月，国家为此损失了几千万元，不能再拖下去了！市里对这个项目已经启动了问责制，限期解决这个拆迁问题。今天是限期的最后日子，无论如何都得攻下这座堡垒。

黄队长咬了咬牙说："上吧，多带一些人过去，把围堵的那帮人拉走，再找三五个壮实一点的民警给我盯住刘光子，他敢动手就立马制住他！"

"明白！"高个子民警悄悄走到人群外，一番安排后，十几个着制服的民警迅速朝围堵闹事的那些人跑过去，几下功夫就把他们拉到一旁。

挖掘机司机瞅准面前的空当，油门一加轰然前行，大铁斗像一只巨型的拳头，迅猛地挥向那栋二层高的建筑物。

"老子跟你们拼了！"急红了眼的刘光子，刚想出手，就被几个人给按住了。

就在挖掘机即将碰到楼房的那一刻，忽然传来两声玻璃瓶掉地上的声音。

"不好，陈碧芬真喝农药了！"

不知谁惊叫了一声，大家扭头一看，发现陈碧芬已经倒在地上，口中不断吐着白沫，身旁有碎裂的黑色玻璃瓶。

黄队长和大伙的精力刚才全集中在刘光子身上，却没有留意他的妻子陈碧珍。

"快……快救人！"黄队长脸色苍白，扑上前去一把抱起地上的女人，"马上送最近的医院！"

"黄队长，这……还拆吗？"一个人上前问道。

"人命关天，还拆什么拆！"黄队长跺了跺脚，痛苦而复杂地长叹了一口气，坐进了车子里。

"呜呜呜……"一辆警车长鸣着在前面开路。


## 二、临危受命

在惠城区政府的区长办公室里，区长凌田眉头拧成了一个"川"字。

这位 70 后区长，自大学毕业成为一名公务员，就一直在惠州工作，并立愿，将竭忠尽智，鞠躬尽瘁，以实实在在的工作业绩为这个美丽的城市贡献一份力量！1992 年，凌田从共青团惠州市委员会学校部干事开始干起，历任共青团惠州市委员会办公室副主任、主任，中共惠城区委常委、组织部长等职务。亲眼见证了惠州市在 20 多年时间里经济、政治、文化、民生等方面飞速发展和全面提升，由一个三线城市晋升为"新二线"城市。2014 年 9 月，凌田接任惠城区代区长职务。在他担任代区长期间，惠城区有 100 多宗的拆迁项目，总面积达到 8300 多亩，任务异常繁重。在惠城区政府和惠州市公用事业管理局举行的工作联席会议上，市公用事业管理局向惠城区政府列出的 24 个道路建设项目，每个项目都提到"必须加快拆迁进度"。面对繁重的征拆任务，凌田提出要树立"抓征拆就是抓发展"的意识，对负责征拆的基层干部说："这些需要拆迁的项目都对惠城区的经济社会发展有很大的意义，最终受益的也都是惠城区老百姓。"他以身作则，带头参与拆迁工作，把一半工作精力都花在了征拆上。惠城区政府班子，除了一个副区长抓项目外，其他的六个副区长都有拆迁任务。

"凌区长，河南岸街道的下马庄村第二十七小学拆迁项目有几个群众嫌征地拆迁补偿标准过低，说拆迁补偿款还买不到同等面积的新房，死活不肯搬……"

"凌区长，桥西街道有拆迁户不满意新的安置地点，说管理服务不配套，不如原来老房子环境方便，无论孩子上学，还是大人上班上街购物、出行都不方便，要到市里去上访……"

"凌区长，江南大道旁又有几家农户连夜在红线区内种上了几亩花生，有一个老农哭着躺在地上不肯起来，说没了耕种的土地，他活着也没意思了……"

"凌区长，惠新大道有户人家，说新修的道路妨碍了他家的风水，带了好几十人来闹事，把一辆推土机都砸坏了……"

像这样的拆迁汇报电话，凌田一天不知要接到多少个，真是"按着头来尾又翘"，忙得不可开交。这不，没消停一会儿，手机又响了："凌区长，江北望江沥的那个'难通户'又闹事了，男的给我们制止了，可女的却喝下了小半瓶的农药，现在已经送医院了……"

凌田心里一沉，心中非常焦急："那女的现在情况怎么样？"

"还好，经过医生的一番抢救，已经脱离生命危险，现在已经转到普通病房了，我们正安排两名女干部在那里守护着。"

"那就好！"凌田闻言顿时松了一口气。

"凌区长，那……那个拆迁怎么办？"

"先暂时停下来，我们另想办法……"

可拆迁工作不能说停就停啊，这里面的每一个市政项目建设和发展几乎都是百年大计，不能就此耽误。每耽误一天，国家不知要遭受多少损失。凌田冥思苦想解决的方法。他想的不仅是要解决一个半个的拆迁难题，而是要想出一个能够破解全局拆迁困境的方法。大家都非常努力了，为何征地拆迁工作就这样难以推动呢？凌田忽然打了个激灵：我们目前的征地拆迁人员不就是一支各自为政的"散兵游勇"式队伍吗，要更好地发挥出这支拆迁队伍的能力，它必须要有一个专业的领导机构，一个专业的领导者。这个领导者的首要条件是什么呢？懂拆迁？会做拆迁户工作？有魄力？好像都必须具备。可这样的人上哪儿去找呢？

区里的所有领导干部像放幻灯片般一一在他脑海中闪现，然后回放，再回放，最终，定格在一个人身上——惠城区人大常委会副主任程前。

区长召集区政府班子开会，提出了计划成立一个专门负责"征地拆迁"的机构——拆迁督导组。他的提议马上得到大家一致赞同，并对他提名程前担任这个督导组组长的建议也高度认可："程前同志行！"

程前身材中等、圆脸平头、说话不急不慢，走路疾步而行，给人气宇轩昂的印象。他是从广东梅州一个小山村里走出来的干部。

2015年6月的一天，惠城区委办主任来到程前的办公室，说区长准备约他下班后去爬高榜山。

高榜山位于惠城区政府正对面，是惠城区唯一的一个国家级城市森林公园，处在红花湖和西湖风景区内，是惠州市民休闲登高、郊游健身、观光览胜的首选之地。高榜山寓意惠州考生高榜高中之意。凌田和程前沿着一条水泥铺就的登山道，缓缓向上，两人边走边聊，登到高榜山上的高榜阁时，天色已经暗了下来。

登高远眺，朗朗星空之下，一座绚丽多彩的城市就呈现在眼前了！高楼林立，霓虹招牌像闪电一样飞舞着；街灯一行行亮着，就像是飞机跑道一样，灿若星海。远处，一个个亮着灯的地方都成了光的斑点，交叉、放射性地发散四方，就像是一个个光芒四射的碎钻……站在高榜阁上就像是站在云端里，令人迷醉，恍若梦境。

"我们的惠州城真美啊！"凌田赞叹道。

"是啊！"程前连连点头，"我当初就是被这美丽的城市环境吸引，才从梅州来到了惠州。"

"以后，我们的惠州城还会变得更大更美！"凌田用手指着脚下的城市说，"在那东边的东江河上，我们将会再建一条大桥，连通江北片区和水口片区，盘活带动惠州的东部地区；南边，我们将建设一条四环路，缓解市区的交通压力，缩短河南岸片区和仲恺高新区的路程；北边，我们的水北二期将建设成为惠州最有活力的地区；西边，我们将再建一条惠新大道，还有一条连接东莞市的江南大道……"区长如数家珍，说着说着，他突然话锋一转："可因为拆迁问题，许多项目都无法顺利开展！征地拆迁是项目开工建设的重要前提。如果是一进场顺利地拿到地，项目开局良好进展顺利，施工计划就可以如期实施，施工进度就有保障；如果是征地拆迁遇到阻滞，项目就难以如期竣工。如今，许多对国家和人民群众有利的市政建设项目都被迫停了下来……"话语中充满了忧虑和焦急。

程前十分敬重这位四十出头就担任一区之长的70后领导。他作风务实，勤政为民，说话条理清晰，懂得进退，平时没什么架子，为人随和谦虚，很容易相处，在惠城区有着很好的口碑。程前知道这位年轻区长在工作中常常会有一些新想法，他今天叫自己出来爬高榜山，绝非仅是运动，肯定还有其他事情，便主动问："区长，不知你有何想法，但凡有什么地方用得上我老程的就直接说吧。"

"程主任，征地拆迁工作开展得是否顺利，直接影响工程进度、施工工期和项目管理成本。虽然我和几个副区长都有拆迁任务，大家都非常尽心尽力，但各干各的，效率低，成果也不大。因此，经班子商议，为了更好更快地做好征地拆迁工作，全区上下要树立'一盘棋'思想，我们准备成立一个征地拆迁的督导组，按照区委、区政府拆迁工作部署，统一安排，统一步调，统一指挥，协调配合，形成征拆合力，这样就能达到1加1大于2的效果。你在惠州工作了三十多年，对惠州这片土地和这片土地上的人民非常熟悉；你在惠城区从政多年，资历老，镇街的很多领导都在你手下干过，他们都很尊敬和信任你，最主要的是你身上有一股不服输的性格，还有一套自己的工作方法和思路，因此，我们想请你来领衔。"区长开门见山地说道。

程前听了十分诧异："对征地拆迁，我完全是个门外汉，恐怕不能胜任啊。"

"我们相信你一定可以挑起这副重担!"区长语气非常肯定,"我们区委、区政府会大力支持督导组的工作,赋予督导组在政策规定的框架范围内,联合挂钩项目的区领导,对征拆工作具体事宜提出意见建议的权力,你可放手大胆工作!"

程前闻言考虑了片刻,点头同意了:"谢谢区长和组织对我的信任,如果确实要我干,我一定会努力去干,但干不干得好不知道。"

程前知道"征地拆迁"是人听人怕、人见人嫌、人做人躲的事,早已取代了以前计划生育工作的"天下第一难"称谓。可程前为什么会去接受这么难做且自己从没接触过的工作呢?他的想法是:第一,领导和组织这么信任自己,不能辜负他们的殷殷期望;第二,与其"赋闲"不如做点实事;第三,要体现自己的人生价值;第四点,也是最重要的一点:自己还对工作充满着激情,激情就等于干劲啊!

程前接受了"征地拆迁督导组组长"这个角色,但他也向区长提出了几个要求:第一,督导组的人由我挑。第二,我要按我的思路去做。他说:"好做轮不到我来做,好督不会叫我来督,我必须有自己的做法。"第三,既然我要按我的思路去做,肯定不会局限和拘泥于原来的做法,这可能就会得罪人,你要保证政府那边的同事不要对我有意见。当然,有一个前提,我会主动与他们沟通报告。

区长当即答应:"没问题!就照你说的办!"

程前带着任务和没底的"信心"开始迎接新的挑战。他把自己关在办公室里,仔细研究案头上的一百多宗拆迁项目。最终,他的目光定格在"江北望江沥综合整治工程"的征地拆迁项目上。

望江村有一小街,两旁全是出租的摊位。一个连着一个的摊位全是卖各种小吃、水果、杂货的。街边上处处挂着音箱，嘈杂的音乐声不绝于耳，有摇滚，有交响曲，还有流行歌曲……一派市井喧闹声。隔不远有新开的酒楼、餐厅、美发厅之类。坐在街边上的人有嗑瓜子的、有喝茶的、有吃小吃的，村里传来噼里啪啦的麻将声。一切虽显得杂乱无章，却也呈现出乡村的热闹景象。就在这热闹繁华的街市旁边，却有一条漂满快餐盒、水果皮、塑料袋和生活垃圾的污水河涌。炎热的夏季臭气熏天，苍蝇蚊虫肆虐，阵阵臭气让过往行人掩鼻而过。它就是惠州市要重点整治的望江沥。

2014 年 12 月 9 日，惠州市规划委员会审议通过了望江沥综合整治工程方案，拟投资 11.98 亿元对望江沥进行整治。在市住建局官网公示的《惠州市望江沥水清岸绿工程规划》（草案）中，望江沥的规划设计将融入岭南园林景观与建筑元素，营造滨水景观长廊，打造"望江花两岸、碧水润心田"之景观，整体设想为"一带七景"："一带"指的是望江沥及其沿线两岸地区，"七景"指的是沙湾忆趣、绿源竹影、望江乐园、翠荫芳境、小桥望乡、碧水兰亭和望江春晓七个景点。

根据惠州市、惠城区土地利用总体规划，为实施城镇总体规划建设，市政府拟依法征收惠城区望江沥水环境综合整治工程建设用地红线范围内约 1250 亩集体土地，作为惠城区望江沥水环境综合整治工程的建设用地。

望江沥流经江北望江村，过沥集贸市场、下寮村等，这一带人口密集，沿岸众多人口的拆迁安置是个老大难问题。惠城区委、区政府和江北街道办事处的拆迁领导经过了一番努力，完成了大部分任务，但因几个"难通户"的征地赔偿问题双方僵持不下，严重阻碍了拆迁的进展。

程前决定先从"望江沥整治"这个市政工程项目上入手。一向务实的他开始实地走访和调研，带领督导组成员来到望江村。

程前把望江村的村干部召集过来开会，商讨征地拆迁的具体事宜。不料，有村民听说上面有"专管征地拆迁"的领导下来了，呼啦一下子来了好几十个村民，个个气势汹汹。

"领导，政府可不能乱来，不能想拆就拆！"

"今天要给我们一个说法，否则我们绝不罢休！"

"谁敢强拆我的房，我就跟他拼老命！"

……

有的村干部见到这架势，建议程前回避一下。

程前手一摆，说道："我们就是要下来了解情况的，他们来得正好，我们先听听他们怎么说。"他走到门外，一一跟村民们打招呼，并让村干部将办公室所有的椅子都搬出来，让一些年纪大一点的村民坐，还让人去买了几箱矿泉水回来。

村民见这位领导平易近人，情绪也很快平静了下来。

"各位父老乡亲们好！我们今天到这里，就是想了解情况，处理问题来的。"程前对村民们和颜悦色地说道，"但你们这么多人，你一句我一句，我都不知道先听谁的，这样，你们一个一个轮着来说，好吗？"

"那我先说。"一个三十来岁的年轻人首先大着嗓门道，"我认为政府的拆迁补偿价格太低了，每平方（米）才补三千来元，而旁边的商住楼现在均价都已经一万多一平方（米）了，我们村民的房屋虽然没有那些商住房好，可拆迁后我们三个平方（米）还换不回一个平方（米），这不公平……"

"我要反映我们的安置房问题，别的地方是先建好安置房，然后慢慢拆，而我们是先拆再慢慢安置，我们的房子要被拆迁了，却连自己将来住的是什么地方都不知道。所谓的安置工程，我们看到的只是一张效果图。房子被拆掉了，拿到的只是一张纸，万一有什么风吹草动，就什么都没了……"

"我觉得政府的拆迁补偿条件非常苛刻，就说那测量评估，说什么封闭式的阳台按全额面积计算，没有封闭就按一半面积计算，这是凭什么定出来的标准？也罢，既然封闭的阳台才能全赔，那我们就把自家的阳台封闭起来，却又不给赔了，说什么结构跟几年前航拍的图片对不上号，属于后面变更。这也不行，那也不行，纯粹是把我们老百姓当柿子捏……"

"我不认同拆迁测量人员的测算方法。我们老百姓计算住房面积，都是按'滴水线'的方法来测量房屋面积大小的，就是以伸出去的阳台上下所占的面积来计算，而拆迁测量人员则是以激光来测量宅基地的占地面积，这样误差就是几个甚至是十几个平方（米），那也是万元甚至是几万元的差别，抵我们一两年耕田种地的收入了……"

"你们政府拆迁歧视我外地人，他们本地人拆迁房子基本都能按原来的居住面积来补偿，为何我外地人在此建的房子，拆600多平方（米）只能补到240平方（米），其他的还要我拿现金来买，问题是补偿给我的钱，我买不回原来的面积啊，你让我们全家上下十几口人如何居住？"

　　……

程前认真地聆听拆迁户的诉求，心中波涛汹涌，之前以为拆迁干部不容易，现在看来，被拆迁的老百姓又何尝不是一肚子冤屈呢？他一边听，一边快速地做着笔记。记录了一大本子的问题后，拆迁户才陆陆续续地散去。他拿着记录本，跟拆迁干部逐个逐个地进行分析、排查，发现除了一些普遍问题外，那几个"难通户"问题的焦点集中在他们的建筑物是在惠城区政府出示了"房屋征收决定的公告"后，仍然在家门前抢建了一批违章建筑，准备在拆迁补偿上"博赔"。按照"房屋征收补偿原则"，这些违法建筑不予补偿。

"对于像刘光子这种'难通户'，我们一定要坚持原则，按政策和标准办事！绝不允许他们乱来！"程前严肃地说道，"其他的就要我们大家一起去做工作，尤其是要发挥党员干部的作用。"

第二天，程前和江北街道办事处的拆迁干部李力装作路人，在刘光子那几户"难通户"附近暗访，两人边走边聊地转了一圈。尽管仍有无数只警惕的眼睛盯着他们，可摸不清是什么来头，也就没引起什么动静。经过几个月的对抗，这些"难通户"渐渐摸透了拆迁工作人员的路数，兵来将挡，水来土掩。

程前察看后，把李力拉到拆迁现场指挥部："你给我详细说说刘光子这个人。"

"刘光子原本不是望江村人，他的妻子是本村人，而且在望江村是一大户，家族人数众多……"李力介绍，"刘光子人长得不高，胖胖的，嗓门特别大，几十米远以外都能听到他说话的声音，他年轻时帅气英俊，深得他老婆的欢心。这位外来女婿在村里老一辈的人印象里是个特别会来事的人，什么空子都爱钻，什么便宜都爱占。村里人都对他印象不好……"

就从刘光子这里打开缺口！程前心中拿定了主意。他让李力带人多多留意刘光子的动向，及时汇报。

半个月后的一个上午，程前给李力打来一个电话："小李，时机成熟了，你马上通知各相关部门，今天下午准备对刘光子那几栋违建物实施强拆！"

太阳西斜，当程前来到望江沥的强拆现场时，一个月前的紧张对峙又重演了。

"刘光子，你这栋房子是违法建筑，你现在对抗拆迁也是违法行为！我在这里再次向你重申：这种违法建筑一分钱都不可能得到赔偿。如果你再这样继续下去，一切后果由你自负！"程前上前义正词严地说道。

"我烂命一条，谁敢拆我就跟谁同归于尽！"刘光子大声吼道。

"刘光子，你耍横玩狠，吓得了别人却吓不了我！"程前凛然走到他跟前，双目逼视着他，"因为我不怕死！"

刘光子的手轻微地抖了一下，却佯装镇定："我也不怕死！"

"那好，你敢玩命，就冲我来，我已经年近六十岁了，你也就三四十岁，一起上西天我也不亏，你现在就动手吧！"

"我……我现在不动，你们敢拆我就敢动！"刘光子之前从没遇见过如此强硬的征拆领导，竟然敢主动上前来要跟他玩命，心里顿时乱了方寸。

"你怕了是吧？"程前轻蔑地看了他一眼，内心暗暗松了一口气，他从刘光子那慌乱的眼神可以判断这是一个欺软怕硬的家伙，便继续说："我猜你也不敢乱来，你现在活得太潇洒了，怎么舍得去死呢。别的不说，就说这个星期，你刘光子上了八次酒店六次大排档……"

刘光子闻言脸色大变，不由得结巴起来："你……你怎么知道，你跟踪我？"

"要想人不知，除非己莫为。我还知道你前天晚上跟几个狐朋狗友又到一间歌舞厅去唱歌喝酒，还找了两个小妹来陪唱，昨天中午你在村里的'朱仔小卖部'里打麻将，输掉了三千多元，据说那钱是你老婆准备用来买一部新的洗衣机，因为你家的洗衣机坏了……"

"嘭"的一声巨响，一个黑色玻璃瓶子飞了过来。这瓶子估计是想砸刘光子的，却失了准头，砸在他旁边的地板，碎了，呈白色泡沫状的液体溅得四处都是，空气中弥漫着一股类似洗衣粉的味道。玻璃瓶的破碎声刚落，一个铜锣般的大嗓音炸响了："刘光子，他说的到底是不是真的？"

"他……他胡说的！"向来怕老婆的刘光子，被程前这突如其来的爆料搞得一脸懵。

"你说他胡说，那给你买洗衣机的三千多元哪去了？说！"陈碧芬冲过来怒吼道。

"那钱……那钱是暂时借给罗秋生急用了。"刘光子低声说道。

"你这钱不是借给了罗秋生，是输给了罗秋生两千三百多元，还有你们村的保仔赢了你六百多块钱，强仔赢了你八十多块钱，你是一家输三家。"程前转头对陈碧芬说道，"你的儿子当时也在场，你老公怕你儿子把他输钱的事说给你听，给他买了一个甜筒，还给了他二十元去网吧上网，我是不是胡说，你回去问问你儿子。我敢说，你如果喝药死了，你老公不用多久就会重新找一个女人回来！"

"好啊刘光子，我辛辛苦苦为你打拼挣钱，你竟然去吃喝嫖赌，我跟你没完！"陈碧芬丢掉手中的另一个黑色瓶子，扑上来一把揪住刘光子的头发便厮打起来。

程前伸手一探，把刘光子的煤气瓶给夺了过来。周围的征拆干部马上拥了上来："程主任，刚才我们的心都提到了嗓门上啊！"

程前看他们夫妻俩扭打成一团，摇了摇头，立马吩咐："让挖掘机开过来，拆房！"

领头的刘光子被攻下，其余几户"难通户"顿时变成一盘散沙。原本几个堵在挖掘机前的妇女，这会儿全都跑到刘光子夫妇那边去了，不知是帮忙打架，还是帮忙劝架。两台挖掘机瞬间就把几栋违章建筑夷为平地。

程前看着那几栋违建物给拆掉了，对李力叹了口气说："对付这种无赖式的'难通户'，只能用这种特殊的方法了。"

程前敢动真格的架势，一下子把那些心存侥幸的"难通户"给镇住了。在拆迁干部和村干部的鼎力配合下，望江沥整治的最后征拆难点被攻克了。

# 第二章　要想富　先修路

　　要想富，先修路。三十年前，惠州市委、市政府决定，城市的发展首先从连接外界的交通入手。于是，一场声势浩大的交通道路建设大会战便就此拉开了序幕。

　　道路之于城市，宛如经络之于人体。经络畅通，则气血两旺，神清气爽；老话说得好：路通则财通。道路如城市的血脉从中心区域——惠城区向四面八方辐射、延伸。道路建设的征地拆迁周期长、跨度大、涉及面广，既有企事业单位，又有农田；既有经济发达的地区，也有相对落后的地区；既有平坦肥沃的农田，也有荒无人烟的山冈，还有果林、渔场、宗祠；等等。这使得征地补偿安置情况复杂多样，其中所经历的矛盾碰撞和各种利益的博弈，可谓暗流汹涌，硝烟弥漫。

## 一、接到烫手的山芋

　　惠州市委、市政府准备在江北街道三新村修建一条市政连接路——法院路，它将把惠州大道和三新大道连接起来，是实现三新村道路全线贯通的节点。

　　宽敞的马路能通到自家门前，三新村民不知有多高兴，但听说修这条路要动迁村里埋葬祖坟的山地，村里炸开了锅！政府的公告一出，村民们便闹起来："修建马路我们支持，要征地要拆房我们也都配合，但要挖老祖宗的坟，就是天王老子来了也不干！"

俗话说："穷不改门，富不迁坟。"在农村迁坟是个大忌。这条仅四五百米长的"法院路"就是因为征拆坟地而搁置，一拖就是六年多。一天，惠州市长对惠城区长凌田说："你什么时候才能让我在'法院路'上走一回啊？"市长的话像一记重锤让凌田心头一沉。送走市长，他把征地拆迁督导组组长程前叫到了办公室。

程前接到这烫手的山芋后，心想：我就不信，为村民修的一条福利路，怎么会修不下去呢？他带着工作组前去详细调查，了解到三新村的村委书记袁平就被这块异常难啃的硬骨头硌得满嘴找牙。

自惠城区政府下发拆迁公告开始，袁平就带领着村干部去村民家做动员工作，无一不被拒绝。有人甚至扬言，谁敢动他们的祖坟，就先砸了他的脑袋！这话显然就是冲着袁书记说的。

"书记，你先挖掉自家的祖坟再说吧！"这话一下点中了袁平的穴道。

三新村许多村民的祖祖辈辈都安葬在这个坟山上，包括袁平的父亲母亲、祖父祖母。袁平作为三新村的老书记，他知道在迁坟这件事上要起表率作用，政府的公告一下来，他就在家备了一桌酒席，把自家的亲人请了过来。

"各位叔伯兄弟姐妹，政府为了方便大家的出行，要修建一条道路，需要我们迁坟。希望各位亲人能多配合政府建设，多支持我的工作……我先敬大家一杯！"袁平开门见山说完，一仰脖子干掉了满满一杯白酒。

可平时对他言听计从的叔伯兄弟姐妹们今天全都像哑了一样，

你看看我，我望望你，沉默地坐着一动不动，也没人端酒杯。

"绝对不行！迁坟，那不就是刨自家祖坟吗？"一个年纪稍大的老人打破了沉默。

袁平一听声音就知道此人是村里辈分最大、最有威望的人，他的堂叔袁坚，便说道："坚叔，瞧你说的，那是换一个地方，换一个更好的地方。"

"换什么地方啊？你爸你妈、爷爷奶奶、太公太婆都在那里住得挺好，惊扰了先人我们岂不是不肖子孙？"

"是啊，哥哥，你当村干部这么多年，我们什么事都依你。要拆房修路，我们都大力支持，政府的赔偿款还没有拨下来，我们就听你的先把拆迁协议签了，把房子拆了。你说什么我们都没二话，但迁坟这事真的不行，你不是不知道，我们的爸爸妈妈刚过世不久，两位老人家的魂灵还没有安顿好，你要动他们的土我们不同意！"袁平的一个弟弟接着说道，其他的兄弟姐姐也纷纷附和。

这让袁平一时不知如何说才好，颤抖着手半天才续满自己的杯中酒。可没人跟他喝，酒席上的人也一个个借故离开，最后闹得不欢而散。

连自家人的工作都做不通，又怎么去做其他村民的工作呢？

万般无奈的袁平向程前求助道："程主任，你得帮帮我，这迁坟工作我现在是两头都不落好。上级不满意批评我，群众有意见骂我吃里爬外，不为大家着想……你不知道，村民要是逼急了，不光动口，还会动手的。我要求村干部不管村民如何冲动，一定要忍住！"

程前认真地聆听了袁平一肚子苦水似的倾诉，安慰道："袁书记，我理解你的苦衷，你这个忙我是无论如何都要帮的，这也是我的工作！"

程前跟着袁平去那座坟山转了一遍，心里就有了谱："袁书记，你找个时间把跟迁坟相关的村民都请过来开个会。"

几天后，会议在三新村委会的一个会议室里召开。程前为了与村民拉近距离，不给设领导位，而是把几排椅子摆成了圆圈。

"各位乡亲，今天的人到了很多，也到得很齐，可以看出大家对这次的坟地拆迁都十分重视。三新村随着惠州市的扩大发展，现在已经成为江北片区经济最好的地方，相信大家以后的生活只会是越来越好！"程前以聊天的方式跟村民座谈起来。

他指着对面一个坐在前排的村民说："我看这位小兄弟就混得非常不错，脖子上的金项链比我的小手指还粗啊。"

那村民见领导夸他，面露得色，嘴里却谦虚地说："哪里哪里，就是混口饭吃。"

"程主任，他是我们村里的智聪老板，年轻有为，在市中心开了家灯饰店，挣了不少钱，家里还建了一栋三层的小别墅。"袁平介绍道。

"嘿嘿，我这不算什么，袁辉才厉害呢。"智聪拍着他旁边的一个年龄相仿的年轻人说，"他家建起了几百平方米的宾馆，生意红火得很，豪车有三辆，老婆有两个。"他的话音刚落，立刻引起一片哄笑声。

"你别乱嚼舌头，我哪来两个老婆？那是我的小姨子。"袁辉红着脸解释道。

"小姨子？那有可能。"程前也跟着开起了玩笑，边说边给大家递烟。

袁辉掏出打火机替程前点上烟："领导见笑了，我小姨子可是大学毕业的高材生，哪看得上我们这些泥腿子，她是来帮她姐一起打理我那家宾馆的。"

"萝卜青菜，各有所爱，大学生又怎么样了，人家袁树其初中没毕业，老婆却是个研究生呢。"一个村民接着说道。

"对对对，别看袁树其学历不高，但有本事，推土机两台，挖掘机四部，卡车十多部，公司的业务忙都忙不过来，娶个研究生当老婆那是轻而易举的事。要说本事，是人家两年抱俩仔，那才叫能耐呢。"另一个村民附和说。

谈笑中气氛轻松下来。大伙见这位上面来的领导没有一点架子，能跟大家说到一块，便都七嘴八舌地聊了起来。"大家现在的生活都过得不错，住着大房开着靓车，都基本实现了小康生活。"程前说完突然话锋一转，"但你们的老祖宗过得可不好啊。"

在场的村民们顿时安静了下来。

"程主任，此话怎讲？"袁辉问道。

"你们祭祖的时候不知道有没有留意到，你们祖坟上的金埕摆放跟其他地方是不一样的。人家的金埕是一排一排地摆放在地上，而你们的金埕则是深埋地下，然后再一层一层往上垒的。"程前说道。

"这个……我们倒是没留意。"袁辉低声说道。

"程主任，这也是没有办法的事，三新村原本田地就不多，现在发展起来了，那更是寸土寸金。我们能安葬死去亲人的地方，就这么一块小小山包，金埕不往上垒，哪还有空地可安放啊？"一个老人无奈地说道。

"你们的先祖这样密密匝匝拥挤在一块，换了是你们，你们会感觉舒服吗？"

大家默不作声了。

"再说了，人都是会死的，随着过世的人越来越多，难道大家将来真要把这些先人的金埕垒到天上去？”

是啊，就这么丁点地方，不断增加的金埕就只能在原地睡"碌架床"了。

"我还听说有许多人认为这座坟山风水好，这我相信。但现在时代不同了，环境也不同了。大家如果有空可以到坟山去看一看，那上面是不是有几条高压电线穿过？这在风水学上来说可是个大忌啊。"程前顿了顿，向袁平问道："袁书记，你现在这房宗亲有多少人？"

"有60多口人。"袁平如实答道。

"那坟山上埋葬的先人有多少？"程前又问道。

"估计有100多个金埕。"袁平回答道。

"看吧，死去的人比活着的人还多。大家有没有意识到这一点？这是人丁衰退的迹象啊！"程前说道，"我有朋友懂得一些周易，我从他那里也了解到一些风水方面的知识，高压线从坟头上经过，后人的运势就会逐渐下滑，并会出现头部疾病，免疫力下降的情况……"

程前知道农村的村民大多数迷信，为此，他前两天找了一位懂风水的朋友去看了那片坟山，并记下了老百姓比较关注的问题，老百姓非常忌讳的事情又依葫芦画瓢地说了出来。

村民听了之后都沉思起来。虽然心中略有疑惑，但许多现象确实被说中了。尤其是袁平的二弟媳妇，自嫁过来之后她就患头痛病，十几年到处寻医问药都不见效，医院也检查不出什么毛病，她早就怀疑过家中是不是有脏东西在作祟，却没料到原来是祖坟出了问题。

"我声明，我不是个风水先生，也许说得不一定对，但我相信在座的一定有懂风水的人，大家不妨请过去看一看。"程前诚恳地说道，"我们政府现在已经在惠城区下角的杨爷山长青墓园给三新村规划了一片墓地，地理位置非常好，你们可以派代表跟我们一起去现场看看，今天我也让人把图纸都带过来了，大家可以看看这墓地设计……"

几位老者悄悄地走了过来，瞄了几眼图纸上的图片，感觉高端又上档次，但又不无疑虑。

"这是实景图，不是效果图，也就是说这些墓地都是已经做好的，是不是真的，大伙去看了就清楚了。"

"事情是件好事情。"一个老者说道，"但是我们这儿的村民都很传统，祖宗的坟可不是说迁就迁的。"

"迁坟跟我们乔迁新居一样，是件大事，我们政府也会按你们的习俗来办理，迁坟的费用政府也一定会按规定补偿给大家。"程前解释道。

"也不光是钱的问题，村里不是有许多干部吗，先把干部的祖坟迁好了再说吧。"另一个老者说道。

"袁书记，你是干部又是党员，你就在这里给大家表个态吧！"程前趁热打铁。

"我同意，只是……"袁平把目光投向了他的兄弟们。

他二弟被他媳妇偷偷地捏了一下，正咧着嘴，急忙应道："我没意见！"

袁平的其他兄弟见大哥二哥都同意了，也纷纷点头同意。

袁平见兄弟们都同意了，便站起来大声宣布："我第一个迁坟！"

"程主任，拆迁坟墓是不是跟拆迁房子那样，先拆的可以优先选地方？"智聪问道。

"这个当然啦！先搬的人可以先挑好的风水位。"程前鼓励道。

"那新坟地可不可以先给我们留多几个位?"一个老者问道。

"这个我可以替大家协调,一定会尽量满足大家。"

"那我也搬吧。"老者似乎很满意。

大家七嘴八舌地说着各自的想法。程前登记后分析,之前规定 500 元的补偿款确实偏低,一个金埕罐要 300 块钱,搬迁时至少要买三牲、贡品及香烛纸钱祭拜一下,还有人工费、运费。他设身处地为村民们着想,马上让人打报告给区政府,要求政府出钱统一买金埕罐,统一搬迁,并且为每个金埕交了 20 年的管理费。

袁平看着陆陆续续签订协议的村民高兴得合不拢嘴。他紧紧地握住程前的手:"程主任,我真的不知道该怎么样感谢你!"

程前笑道:"你也不用谢我,这拆迁工作也不是你一个人的工作,而是要大家一起来完成的工作。现在思想工作做通了,就看你的行动了。"

迁坟时间终于定在几天后的一个良辰吉日。可到了搬迁的前一天,村民突然又提出新的要求,按本地风俗,金埕摆放是要按辈分由大到小逐层摆放的,长者须摆在高处。因之前没想到这一点,长青墓园为村民提供的地方没有阶梯,怎么办?时间不能再改,一改又不知会出现什么新情况,一旦再出现什么差错,没准会前功尽弃。程前马上拨通长青墓园领导的电话,让他们的工人连夜加班砌出阶梯形的摆放地,并派督导组的副组长连夜驻守现场盯进程。终于顺利地迎来了次日的搬迁。

终于,铺着沥青的双向六车道的法院路通车了。在景观树的映衬下,如一条摆放在三新村里的墨色绸带。通车不久的一天,惠州市长对一起视察工作的惠城区长凌田说:"很好,我终于走在这条道路上了。"

事后督导组长程前说，像迁坟这样的难题，硬干不行，不干更不行。我们虽不封建迷信，但要尊重老百姓的风俗，巧妙利用一些道理和老百姓的心理，说服他们。毕竟，他们是坟地拆迁真正的受益者，最终肯定能理解我们的良苦用心的。

## 二、菩萨心肠和护法金刚

穿过三新村的"三新北路"，计划由两车道拓宽为六车道。但有一户"难通户"就是搞不定，严重影响道路施工的进度。

秦华身为江北街道办事处的一把手，决定亲自上门去做工作。

一天傍晚，她在一个拆迁工作组成员小李的带领下来到了这个"难通户"家里。

这是一栋坐南朝北的两层楼房。楼房占地面积60平方米左右，一楼租给了别人做商铺，二楼是户主自己一家人居住。

小李告诉秦华，这家户主姓钟名清，62岁，上面有一个母亲和一个叔叔要供养，下面还有一个儿子和一个孙子。要说这个户主也真是猪胆泡黄连——苦上加苦的命，母亲中风瘫痪了，前几年好不容易才成家的儿子又遭遇车祸，成了脑瘫人。儿媳妇熬不住，在一天夜里悄然离家出走，从此再无音讯。

二楼的门开着，一个老人和一个30多岁的年轻人在看电视，估计是户主的叔叔和儿子。

"钟叔，钟叔！"小李一边朝屋里喊着，一边带着秦华走了进去。屋内十分零乱，几双鞋子东一只西一只，衣服丢得到处都是，空气中弥漫着一股霉味和臭气。家里除了一部电视机和一台冰箱之外，再没有什么像样的家用电器。唯一显得抢眼的，就是在一面斑驳的墙壁上贴着十几张"优秀班干部""三好学生"的奖状。

看来这结满苦瓜的藤上也有甜果，钟家这个已经念小学四年级的孙子很出色，学习成绩非常好。

"我爷爷不在家。"一个小男孩从一个房间里走出来，左眼还蒙着一块纱布。

"小朋友，你怎么没有去上学？你的眼睛怎么啦？"秦华上前关切地拉起他的手问道。

"阿姨，我前天上学时不小心摔了一跤，给地上一根树枝刺伤了眼睛。"小男孩左手捂着眼睛上的纱布，虽然神情有些痛苦，但右手还是拿来一块抹布抹了两张椅子，请秦华她们坐下。

秦华不由地摸着他的小脑袋爱怜地说："真是个懂事的乖孩子！"她并没有马上坐下来，而是环顾着四周对小李说："这一家子真是命途多舛，我们来帮钟叔收拾一下这个家吧！"说着便挽起了袖子，拿过小男孩手中的抹布，打来一盆水就擦洗起来。小李见状也赶紧拿起扫帚里里外外打扫起来。

她们两人一直忙到将近中午时分，户主钟清才从外面回来。他看到两个女人把他凌乱不堪的家收拾得干干净净、井井有条，非常意外。当他得知那个围着个围裙正在清理灶台的女人竟然是江北街道办事处的领导时，更是感到愕然和不安。

"使不得，使不得啊，我怎么能让你们来做这脏活呢。"钟清忙上前劝阻道。

"没事钟叔，就快搞完了。我也是从农村出来的，很小的时候就开始帮忙做家务，这些手脚功夫，我完全没问题。"秦华笑着说道。

"这……这怎么好意思呢。"钟清显得有点局促不安，见劝不停秦华，正准备去泡茶，便听屋里传来一个老太太的叫喊声："阿清！阿清！"

钟清赶紧向那屋子走去，边走边说："给我妈解个手。"

秦华忙完了手头上的清洁工作，钟清也从他母亲的房间里走出来了，又赶忙动作利索地给她们泡茶。秦华看着眼前这个瘦削的男人，头发干枯如乱草，额头皱纹深深，每一道皱纹里都仿佛镌刻着长年累月的辛劳和憔悴。

"刚才出去准备借点钱给孙子治眼睛，让你们久等了。"钟清端过茶来，言语间充满了歉意。

"这孩子的眼睛怎么回事啊？"秦华关切地问道。

"听医生说伤到了眼球，必须要做手术，否则以后视力可能会受到很大的影响。原本是要马上住院的，但家里实在拿不出这四万多块钱了，就只有让医生简单处理一下，等借到钱了再去做手术。哎！可我跑了整整一个上午，也只借得几千元。"钟清说到这里，眼眶不禁湿了："之前儿子遇到车祸，借了亲戚许多钱，现在他们都怕了，他们不是没钱，见我这个家是个无底洞，是怕我还不起……"

"钟叔，你别难过，我们会跟你一起想办法！"秦华真诚道。

钟清眼睛顿时一亮："那我先谢谢你们了！你们看看，这个家已不像家，孙子现在是我唯一的希望啊！"说完又掉下眼泪。

"是的，我们会想办法帮助你！"秦华握着他的手坚定地说道。

秦华在钟清家又坐了一会儿就告辞了。她今天根本没提拆迁的事。

秦华回到办事处后，马上召开了一个紧急的临时会议，把拆迁户钟清面临的困境跟大家通报了一下。

"钟清是一个拆迁户，也是我们辖区的居民。虽然他们一家现在成为我们的难通户，但拆迁工作可以慢慢做。现在当务之急是他孙子眼睛受了重伤，没钱治疗，如果再不做手术，这孩子的眼睛就可能废掉了。这个家我亲自去看过了，真的可以用家徒四壁来形容。我们得帮帮他，我们帮了他，就可以挽救这个孩子的眼睛，甚至有可能改变这个孩子的命运。现在我们办事处的经费也很紧张，这样吧，我提议，党员干部带头捐钱，其他人自愿，我先捐三千元。"秦华说完从包里面拿出一个信封交给财务："你登记一下。"

江北街道办事处主任马上站了起来表态："一方有难，八方援助。我支持秦书记的想法，我也捐三千。"

经常与拆迁户打交道的一位副主任十分清楚这个拆迁户的家庭情况，于是马上表态："我也捐三千。"

"我捐两千。"

"我捐一千。"

"我也捐，我们都捐。"

……

钟清收到江北办事处干部职工四万多块钱的捐款，感动得泪水直流："谢谢秦书记！谢谢大家！谢谢大家……"

因为医疗及时，孩子的眼睛保住了。

半个月后，孩子康复出院了，钟清专程来办事处感谢秦华，并主动谈起了房屋拆迁的事："秦书记，办事处对我家的好，我会一辈子都记在心上。我也不是那种不讲道理，想趁着拆迁敲诈政府钱财的人，只是我家情况太特殊了，除了我之外，没有一个劳动力，而我现在也六十多岁了，也不知道能撑多久。我家现在的生活基本都是靠着一楼那一千多元的租金。虽然政府拆迁之后能赔偿到一笔拆迁款，可将来买回一套房之后就所剩无几了，那我以后一家五口人如何过日子？政府一定要体谅我啊。"

"钟叔，你家的情况我们都了解，也一直在想解决的办法。"

秦华说道，"我们已经跟有关部门协调过了，鉴于你家的实际情况，我们研究看能否列为低保户，如果条件符合以后会给你们固定的补助……"

钟清听闻激动地站了起来："这样我家就能吃上公家饭了！"在这个农民的传统意识里，政府每月给他们钱，都属于公家饭范畴了。成为低保户每月能领到的钱虽然不多，但是会固定有。正如水细没关系，只要长流，拿一笔钱财和这长流的细水相比，绝大部分人都选择后者。因为后者更能带给他们一份安全感。

钟清得知今后的生活有了保障，立刻就同意拆迁了。

刚柔并济、以理服人是秦华的强项。"惠州大道"要修建一条匝道连接到三环路，涉及三新村一个村小组的几户人家，包括村小组一位郭姓组长的一栋房子。

身为村干部，这位郭组长不仅不带头配合政府的拆迁工作，还怎么做工作都做不通。眼看已经到了市里要求的最后拆迁期限，秦华豁出去了，连夜让村书记把郭组长找到村委会来做工作，发狠不把这块硬骨头啃下，哪怕是谈到天亮也不罢休。

"郭组长，今天晚上你不是村小组长，我也不是办事处的书记，我们俩就当作是朋友，开诚布公什么都可以说，行吗？"秦华单刀直入地说道。

"秦书记，我们这几户拆迁户全部都是在大马路边上，可谓寸土寸金，但你们给的补偿金太低了，我作为村小组长，我必须为大家争取利益。"郭组长说。

"你是村民投票选出来的干部，你能为村民着想，说明你是一个好干部！"秦华诚挚地说道，随后话锋一转，"可是，你们的要求也太不现实了呀。你们的房子明明登记的是划拨的住宅用地，可非要政府按照出让地的商铺价格来赔偿，这不符合法规啊，我们现在已经帮你们争取到比普通住宅楼高出许多的补偿价格了。"

"这个我想不通，在村民面前，思想工作也做不通。"郭组长一副很为难的样子。

"无论如何，必须尽快拆，这是大势所趋。郭组长，别再拖了，拖久了对大家都不好。"秦华喝了一口水，"虽然你们的思想工作很难做通，但也不是没有办法。"

"那你们把拆迁户都请到这儿来开会吧，说清楚，好让大家明白。"郭组长又想使出以往的招数，让拆迁户在会场上闹，你领导有能耐做通那些拆迁户的工作，那是本事，他不用背负什么责任。

秦华一眼就看穿了他的小伎俩，其实他就是对抗拆迁的幕后主谋，人是他，鬼也是他。把他的工作做通了，一切也就迎刃而解，秦华便说道："我们现在不再跟拆迁户开会，只跟我们的干部开会。"

郭组长双手一摊："那你们现在就把我这个小组长给撤了吧，我不当这个村干部了。"

"郭组长，你逃避解决不了问题，也不利于你解决问题，只会让问题越来越糟糕。"秦华严肃道，"我知道你父亲是一位老军人老党员，一生为人刚正不阿，德高望重，老人家虽然去世多年，但你们村的人哪一个说起他不是竖大拇指的？你也是一名共产党员，在诱惑面前应该坚持一个党员应有的党性，要顾大局，不能被眼前的利益驱使，要始终把国家和人民的利益摆在第一位。是的，你这样做表面看来是在维护小组村民的利益，实际上你是'舍大家顾小家'，维护了一小撮人的利益，却牺牲了大部分人的利益……"

秦华严肃起来，眼里放出一种慑人的光芒。

到了凌晨两点多，郭组长终于被秦华那清晰、明确、无畏、软硬兼施的谈判技巧说服了，在拆迁协议书签下了自己的名字后，无限感慨地说道："秦书记，我的思想之所以能转变过来，说句真心话，完全是被你的真诚、执着和人格魅力感动的，同时觉得你们做拆迁户工作也太不容易了，我想我们再不转变也实在是太不应该了……"

## 三、"西出口"那些闹心事

作为惠城区政府的所在地，龙丰街道是惠城区新发展的桥头堡之一。

龙丰街道辖区地处惠城区西部，面积 51 平方公里，下辖 7 个社区居委会和 1 个村委会，常住人口约 12 万人，拥有西湖风景区、飞鹅岭公园、红花湖公园、惠州森林公园、高榜山等旅游资源；交通网络四通八达，基础设施齐备，莞惠轻轨出口、惠州火车西站、惠州汽车总站、惠州汽车南站、惠深高速出入口、惠河高速出入口都在辖区内。

惠城区委、区政府做出"西部开发"的战略布局后，按照"西部新城"的发展路径，火车西站片区开发就成为拓展发展空间的主战场。"西出口"是一个央企承建的融资项目。项目由第三方融资，等项目完毕，政府采取回购。这就意味着政府要承担不少的项目金融利息，为此，它要求项目所在地的龙丰街道在最短的时间内完成拆迁。

西出口项目涉及拆迁房子达 18350 平方米，光住宅房就达 3500 平方米。政府只能按货币置换或者安排商品房，这无疑给项目的拆迁增加了不少难度。或许正是难度大的原因，任务很自然就落到了转业干部许启林的身上。

许启林接到任务后陷入了久久的沉思。他深知共联村许多要拆迁的民居都是村民唯一的住房，他们祖祖辈辈已住惯了"上见天，下着地"的房子，自己有自己的小院子，还有养狗看家的民俗习惯。你让他住楼房，和邻舍左右互不相干，他们会干吗？另外，有部分村民还得继续务农，人住进商品房了，可农具往哪里放呢？中华民族几千年来对土地、对祖屋形成的刻骨眷念，怎么能说变就变呢？

"要解除他们的思想顾虑，首先得从做他们的朋友开始！"许启林在心里有了计划，"时间紧，任务重，不能等到明天，一切从今天开始！"当天开完会，下班了他没有往家里跑，而是通过自己的同窗好友牵针引线，找到了共联村村民邱晓明的电话。为什么找村民而不先找村干部呢？他自然有他的打算，一是去村里找领导太打眼；二是找村里的领导，了解拆迁户的信息可能反而有局限。

电话打通之后，对方听说他是某某同学介绍过来的，想到家里坐一坐，自然是十分欢迎。许启林到附近的超市买了些礼品。可就在他买好礼品把车开到离邱晓明家 2 公里左右的地方时，对方却来电话了，说是没空，今晚全家外出。

许启林愣住了："为什么这个时候大天黑的全家外出？"他觉得事有蹊跷。

许启林马上把车子靠路边停住，再次拨打了同学的电话，请他帮忙了解情况。打完电话，他走到附近的小店买了瓶水。其实，他到小店一是为了等他同学的电话回复，二是想趁机打探一下老百姓对征地拆迁的一些看法。

他喝了口水，跟小店老板闲聊起来："听说这里的'西出口'

项目马上要启动了?"

"是啊,村干部已经开过拆迁动员会了。"小店老板说道。

"拆迁一启动,就有好些人家要发大财啰!"店里的另外一个顾客听了,不无羡慕地插话道。

"哪里啊,听说拆迁补偿是有标准的,好像也不多呢!"小店老板说道,语气中带着些许无奈。

"哎,标准还不是人定的,多报些数量,评估价格高一点不就行啦!"那顾客说道。

此时,坐在小店门外一张桌子边闲聊的几个村民,也就此话题纷纷发表自己的看法:"还不是凭关系。听说有些地方是有亲戚当官的赔得多,会要手腕的赔得多,而没靠山老实巴交的就赔得少!"

"我们只要不签名,政府就动不了我们,我们就可以把价钱抬高一些!"

"我们就看看谁第一个签名,我们全村都和他过不去!"

"哼,那些想配合政府拆迁的就不敢快速签字了。"

"等着看好戏吧……"

许启林听明白了,这邱晓明应是婉拒,而不是真正的外出。

很快,同学打来电话,和他猜测的一样。原来邱晓明晚饭后无意走漏了风声,说龙丰街道办的一个朋友要过来坐坐。敏感的邻居马上告知附近的村民,大家闻讯都纷纷过来劝邱晓明不要泄露村民的信息,否则会成为众矢之的。邱晓明思考再三,于是就出现了前面的一幕。

"想想也对,既然不想让人知道自己是村里第一个和拆迁工作人员接触的人,我这样贸然过去确实不方便,那看看能否把他请到外面来。"许启林在电话里对同学说道。许启林调转车头,回到市区在一家小餐馆里订了个房间，等同学接邱晓明过来谈谈，了解村里各路神仙的看法。

很快，同学把邱晓明接过来了。为免给邱晓明带来不必要的困扰，他们当晚的行动和谈话都是秘密进行的，后来在找其他村民谈话时亦是如此。事后，许启林自嘲说这拆迁工作搞得好像地下党似的。

许启林基本摸清了村民的底细。刚开始，村民们对改善交通还是充满期待的，毕竟"西出口"一通，大家不仅出行方便，而且物流也通了，尤其是对于那些经常有生意来往于深圳、东莞及河源等地小企业主来说，无疑是莫大的福音。当然也有害怕的，至于为什么害怕，各有各的理由。有担心风水被破坏的，有担心拿不到赔偿的，有担心赔偿太少的，有担心赔偿不公的；还有相当一部分人是想通过拆迁大捞一把的，也有想借机闹事从中牟利的。不过，最大的问题恐怕还是来自村民之间相互的压力——谁先签，谁就是孬种！所以大多数拆迁户都是采取观望的态度，等别人签了再签。

万事开头难，可再难也得开始啊！

随后，许启林便带着拆迁工作组进村召集村民开会。可除了村里的领导班子如书记、主任、小组长到会外，涉及拆迁的数十户人家有一半没来，他们都以各种理由请假的请假，外出的外出，还有一些来的不是户主，而是一些想了解信息的闲杂人员。

会议刚开始，不等许启林把相关拆迁情况介绍完，一些村民就纷纷提出各种各样的意见。他们甚至认为"西出口"应该挪个位，换个地方出。许启林一边讲，一边耐心地做解释，当谈到赔偿标准时，会场的拆迁户基本走了一大半，就连坐在门口的邱晓明也跟着走了。

开完会，许启林内心更沉重了。看来拆迁真还是块难啃的硬骨头啊！可一想到自己曾经做过军人，这些事儿相比起战场上的抛头颅洒热血，根本就不算什么。他使劲挠了挠头，决定同村干部一道挨家挨户去做村民思想工作。

刚开始，一进村民家，大家都有些躲闪，生怕被其他村民说自己是跟拆迁干部走得近的人。许启林不气馁，他和工作组及村干部对每一个拆迁户都进行耐心解释。中国人自古就有"见面三分亲"的礼数，大家见街道办的领导没有什么架子，平易近人，渐渐地现场氛围轻松了，有几户人家已开始提出了自己的要求。

村民周同兵在村里非常有影响力，按照村委书记的意思，如果做通了他的思想工作，许多问题会迎刃而解。这天，大家来到周家时已是下午。炎炎夏日，满头大汗的周同兵放下田里的活计赶回家来，还很配合地领着大家看了整个楼房。周同兵家整栋楼房三层高，面积接近1000平方米，就建在15米宽的道路旁，属于真正的黄金地段。尤其一楼是个商铺，面积超过300平方米，据说租金每月就达三四万，这么算起来一年光租金就有四五十万元。并且周同兵还准备把二三楼装修出租，后续的楼房租金收入也不是个小数。可拆迁工作组按国家标准核算了一下，周同兵这栋楼房顶多只能赔偿400多万元，算起来还不如他十年的租金多。一听说这补偿价格，周同兵马上就变了脸色，火气上来了："你们马上走，我没那么多时间废话！"大家原本还想再和他沟通沟通，谁知他一气之下竟自己先出了门，一眨眼跑得没影了！

拆迁工作组人员又尴尬又无奈。但这也是他们意料之中的事，大家都十分清楚，所有的拆迁，没有几个回合甚至是十几个回合都谈不下来的。

而在许启林心里，他也明白只有用时间换空间，通过不断的磨合沟通才能解决问题。于是他只好不断地约周同兵，希望对方谅解和配合自己的工作。刚开始对方还能接接电话，可每次都以出门办事为由，拒不和拆迁工作组人员碰面。到后来一见到是拆迁工作组人员的电话，干脆就连电话都不接了。无奈，许启林只好在晚上吃饭的时候去他家里，可对方只要是见到拆迁工作组的人员，就板着脸不愿多谈。许启林每次都不厌其烦地赔着笑脸做解释，讲政策。几个回合下来，周同兵也摸清了工作人员登门拜访的套路，于是干脆不回家。许启林了解到周同兵还有一家公司，就想方设法找到他公司的办公地点，然后过去做思想工作。可对方始终无法接受拆迁方案，后来只要听说工作组的人到了，你前门进，他后门出，反正就是不见面。俗话说"隔山打不了牛"，对方不肯见面等于什么工作都无法展开。

时间一天比一天紧！离项目施工的日期越来越近了，怎么办呢？许启林又经过多方联系，终于了解到，周同兵的小舅子在惠城区另外一个街道办工作，于是通过关系拜访了周同兵的小舅子，恳请他来做周同兵的思想工作。

功夫不负有心人，许启林多管齐下，不断地对周同兵动之以情，晓之以理，终于做通了他的思想工作，同意拆迁！

可好事多磨。在商讨赔款时，又出现了一个新的问题：周同兵的宅基地是按九层基础来建设的，地下基础深达18米，预备将来要建造酒店，所以地基打得非常深。按三层楼来做赔偿显然是不合理的，可问题是地上附着物好评估损失，而地下基础设施就不好办了，因为以前没有类似的补偿先例，如果轻率做出决定，会对以后的赔偿带来羊群效应，大家会纷纷效仿，要求赔偿地下基础。如果置之不理，这也不符合党和政府的"公平、公正，实事求是"的政策，周家也无法接受。

最后许启林终于想到了一个办法，同时也请示了上级领导，采取公信力机构担保，由龙丰街道办出 30 万保证金，在拆迁后由规划建设局鉴定检测中心进行检测，再由造价公司核算出工程量后交给评估公司进行评估，最后终于达成了拆迁和赔付的协议。

与此同时，许启林和他的拆迁工作组与另一个特别拆迁户——罗定方沟通的工作也一直在不断地进行。罗定方原是共联村一名村干部，因工作不太积极，故一直没有入党。他自从得了糖尿病截肢后，性情变得很暴躁。他对上门来做拆迁动员工作的拆迁人员说："我是残疾人，什么都不怕，我两间档口一个月租金七八千元，政府补偿如青菜价，我接受不了，你们要敢强拆，我就跟你们拼命！"还经常以腿疾为由，躲到医院去，让拆迁人员多次上门都扑空，人都见不着。可经过两个多月的努力，许启林他们还是以"三个到位"打动了罗定方：一是情理到位。罗定方住院期间，许启林和街道办党工委书记带着征拆工作组人员多次到医院看望他，与其进行沟通交流，认真听取其意见建议，并为其送上慰问品，促进情感交流。二是讲解到位。许启林利用日常工作之余时间，无论是白天还是晚上，都带着文件和资料到医院给罗定方逐一讲解，从法律法规到政策、从大局到民生，一步一步向权益人耐心分析说明，使得罗定方的态度从抵制到参与互动讨论。三是服务到位。许启林和他的拆迁团队围绕罗定方家庭存在的一些实际困难，积极争取上级和社会各方力量，切切实实地帮助他解决好、处理好、安置好，最终做通了他的思想工作。在罗定方的补偿资金获批后，征拆工作组更是连夜将补偿资金的支票送到他手中。

在解决了周同兵和罗定方的拆迁问题后，许启林不敢松懈，因为还有一个名叫"马兰花"的拆迁户还没有谈好。

马兰花与村里一些征拆户开口闭口索要大笔赔偿款不同，她自始至终都不提赔偿款。马兰花被拆迁的是一个面积不到15平方米的铁皮屋，可就是这个几乎没法住人的铁皮屋却是她全部的家当。马兰花家庭极为贫困，虽然才30多岁，却丧夫多年，还带着两个孩子。以前因其丈夫是贫困户，故一直享受政府照顾，住上廉租房。后来由于丈夫去世了，而马兰花及孩子都是农村户口，不符合住廉租房的要求，只好将廉租房退了，全家搬进了铁皮屋。而现在铁皮屋的拆迁，对于她来说是一个千载难逢的机会。她要求就一个：给我一套住房。可一个小小的铁皮房又如何能换取一套房子呢？虽然她极不配合，可许启林等人还是一次又一次地上门做工作，她家的困难情况，工作组也是看在眼里，急在心里。作为这个拆迁项目的负责人，许启林决定兵分两路，一边争取和马兰花多沟通，一边派人找村里人沟通，协助帮她找一套宽敞一点的房子住，解决她的住房问题。经过大家努力，终于帮马兰花找到了一座村人废弃的旧房。似乎胜利在望，可问题又来了，因为以马兰花所得的那点赔偿金却连盖房子的地基钱都不够。许启林看在眼里，急在心里。于是他又走访了国土、社保和企业等部门，也向龙丰街道办的领导做了汇报，希望各方能给予照顾和支持，帮助马兰花解决建房资金困难的问题。终于，龙丰街道办筹措部分资金，村里、社会各界赞助一部分，帮马兰花解决了住户问题，有了一个新家。

随着拆迁户的问题一个个得到解决，特别是解决了征拆大户周同兵和极度贫困户马兰花的问题后，其他拆迁户都采取了配合的态度。

男儿有泪不轻弹。在惠城区"西出口"项目征拆工作圆满结束的那一刻，军人出身的硬汉子许启林，还是涌出了甘苦自知的泪水。

## 四、6 万与 17 万

2017 年 8 月 11 日笔者看到惠州市《东江时报》的一则新闻：

"日前，记者在新联路立交施工现场看到，工人们正在进行上部结构支架搭设……记者从市公用事业管理局获悉，目前惠新大道及梅湖大道建设工程正在如火如荼推进中……截至 8 月 6 日，项目累计完成投资约 7.8 亿元，占总投资的 28.2%；其中今年已完成年度投资计划的 73.8%。"

虽然只是一则一两百字的新闻消息，却有着牵一发动全身的社会效应。

惠新大道全长约 16.5 公里，起点位于三环路与惠博大道立交处，最终与仲恺大道立交相接，全线规划双向 8 车道。该项目建成通车后，将进一步拉开市中心区城市骨架、拓展城市发展空间，江北到下角、梅湖及仲恺的交通将更加方便，并将带动下角片区与仲恺的发展，是惠州市重点惠民项目之一。

在惠新大道梅湖市场到火车西站约 3.6 公里的主线道路中，改扩建段需征拆的主要为国有和集体土地。其中一家为惠城区的纳税大户混凝土搅拌厂。

惠新大道曾在 1992 年做过征拆规划，后因故中止。当 2016 年要重新开始征拆时，许多村民闻风而动。龙丰街道办事处在项目启动时，召开了一个摸底会，要求拆迁工作组先对各个拆迁户的情况进行摸底、归类，确定哪些是易于征拆的，哪些是难以说服的，哪些涉及征拆资金需求大的，哪些相对小一点的，等等，分门别类，做好预案。尽管如此，接下来碰到的拆迁问题仍是异常棘手。因为1992年准备征拆时，就发生过村民抢种、抢播的现象。当时不少村民一听说要征拆，一夜之间就从各地搬来了各种各样的树苗，漫山遍野的抢种，希望以此获得赔偿。谁知后面项目停止不征拆了，喧嚣的村庄又恢复了从前的宁静。山坡上抢种的"果树"不久就死的死、枯的枯，侥幸活下来的也没有丝毫经济价值。此次征拆，听见风声的几户村民又组织起来，要求拆迁工作组不能按普通杂木林计赔，而是要按果林计赔。拆迁工作组当然清楚这样的征拆赔偿要求既不合理也不合法。国有国法，国家的赔偿每一分钱都是要有依据的。要求没能得到满足的拆迁户便纠集村民整日在施工现场阻挠。

这个世界没有解决不了的问题，只有不去解决的问题。惠新大道拆迁项目的负责人之一谭剑波一边向龙丰街道党工委领导汇报情况，一边和拆迁工作组、村委及施工单位连夜召开联席会议，商讨处置方案。会议商定，首先由谭剑波带人联合村委干部及村民小组长做村民的思想工作，规劝村民不要到现场阻止施工；其次马上成立专案小组，到现场核查可能残存的果树，有多少登记多少，并和村民现场核对；第三就是和村民约法三章，发现一棵果树就赔一棵，但绝对不能按果树林计算赔偿。大家共同努力，给村民讲事实、摆道理，同时也兼顾村民的合理要求。最后终于达成了新的赔偿协议。

在惠新大道的建设征拆中有一个叫赵亮的村民，一直对征拆工作不配合。据了解，赵亮的身体一直不太好，大部分时间都需吊点滴，家里经济条件也不是很好。赵亮有一果园，经评估，不到6万元的树木，却一直要求政府赔付17万元。他说如果达不到这个赔偿数额，一切免谈。谭剑波通过自己的人际关系多方寻找，找寻和赵亮有关系的同学、亲戚，包括他孩子的同学朋友都找了个遍。可一说到征拆，人家就唯恐避之不及，谁也不愿意掺和这些事儿。找不到说客，谭剑波只有一次次地往赵亮家里跑。俗话说，"只要功夫深，铁棒磨成针"，经过谭剑波多次走访，对方终于被感动。最后赵亮说了一句心里话："谭主任，如果我再不配合，我都不好意思了！"简短的一句话包含着谭剑波多少的心血啊。

事后谭剑波回忆有个细节印象特别深刻：好不容易把赵亮约到果园现场，当时正是 6 月份，炎炎夏日，热浪逼人，可赵亮还穿着两件厚厚的衣服。更尴尬的是，两人面对面刚谈了一会儿，赵亮竟然尿失禁，两条裤子都湿透了。谭剑波见状赶快叫人送他到医院，暂时停止了现场勘查工作。事后才得知对方一直患有尿失禁，尤其是中午时分，尿失禁的情况更严重。于是，谭剑波就一大早自己开车把他接到现场，每次勘查两个小时后就送他回家。如此数次终于勘查完毕，并达成了征拆赔偿协议。虽然赔款还是 6 万，但此刻的赵亮却是心悦诚服。

## 五、"惠大高速"上的土坯房和芭蕉树

2009 年 10 月 3 日，"惠大高速"举行开工仪式。

"惠大高速"是惠州到大亚湾疏港高速公路，起于惠州惠城区汝湖镇古仙村，与 S21 广惠高速连接，途中与 S20 潮莞高速和 G15 沈海高速深汕段实现互联互通；终点位于大亚湾开发区澳头镇，与 S30 惠深沿海高速公路相接，是广东省和惠州市"十一五""十二五"规划重点建设项目，也是"珠三角"东岸深莞惠一体化的重要通道。

"惠大高速"在汝湖镇古仙村的征拆面积有 600 多亩。为完成这一征拆任务，汝湖镇政府厉兵秣马，抽调精干力量，组成了专门的拆迁工作组。

"作为惠州市融入珠三角交通一体化的重要通道，惠大高速公路建成后将成为大亚湾区、惠阳区连接市中心区的又一条交通大动脉，成为惠州港与高速公路网对接的主要快速通道，对我们汝湖镇的发展也大有好处……"作为"惠大高速"征拆工作的主要负责人，汝湖镇副镇长冯刚带着征拆工作组与村干部一起走村串户，苦口婆心地向村民宣传"惠大高速"的好处，制定征拆补偿方案和资金发放途径，为拆迁户解难排忧……

由于高速公路施工的打桩，古仙村几座临近公路的泥砖瓦房受到影响，出现了一些裂痕。冯刚接到报告后，马上让有关专业鉴定部门进行损失评估。其中有一个名叫张保子的，他家的一栋土坯房子建于 20 世纪六七十年代，历经数十年风雨的土坯房原本就有些裂痕，公路建设打桩又加大了裂缝，原本是因祸得福，可以借此用补偿款将房子重新修整加固一下，可张保子却狮子大开口，非要政府给他赔偿一笔巨款来重建一栋房屋。

冯刚带着司法、国土等部门的工作人员上他家做思想工作。他早知张保子性情十分乖戾，火气大，爱惹事。为免上门做工作的同志受到伤害，他没让大家进屋里谈，而是要张保子出来院子谈。果然，没谈几句，张保子的火爆脾气就上来了，冲冯刚等人跳脚高声叫骂。张保子体格壮硕，袒露的上身肌肉像打磨光滑的石头，发起飙来像头疯牛，村民们都让他几分。面对人身安全的威胁，冯刚沉着应对："张大哥，有话好好说，我们只是来跟你做解释工作的，与你无冤无仇，你可别犯糊涂，伤人可是要坐牢的……"可张保子的情绪失控，根本听不进任何劝阻。情况危急之下，有拆迁人员报了警。警察赶到现场后，"咔嚓"一声就给张保子上了手铐，要拘留他。张保子被戴上手铐那一刻蔫掉了。冯刚深知这样做将会使矛盾更加激化，于是他当机立断，一边向警察为张保子求情，一边劝说张保子要理性。张保子看到冯刚竭力为他开脱，乖得如同犯了错误等待母亲处罚的孩子，老老实实再没有任何反抗。冯刚后来对拆迁人员说："以暴制暴并不是最好的解决办法，我们要依法行政，同时也要兼顾人情，这样群众才会相信我们，才会支持配合我们。"

在古仙村的另一个村小组同样发生了一个类似的事件：高速公路施工单位的挖掘机不小心把路旁的几棵芭蕉树给弄断了，权益人叶茂英甚是恼火，便到工地去讨要赔偿。挖掘机司机赔了她300元，叶茂英不满意赔偿金额，气呼呼地叫了村里的几个妇女到工地来闹事，阻挠施工，要求施工方赔她500元。施工方在争执之中无奈地报了警。一辆警车呼啸而来，直接开进工地。两个民警下车就问谁报的警？发生了什么事？叶茂英毕竟是一个农妇，从没见过这种场面，以为公安人员真要抓她坐牢，吓坏了，"吱溜"钻进一辆搅拌车底下去了，谁也不知道她咋钻的，无论外面的人怎么喊话，死活不肯出来。因为她个子很小，钻进去就不见了，大家趴在地上也只闻其声，不见其人。其他妇女也没经历过这场景，个个吓得呆若木鸡，愣怔着半句话不敢吭。

民警让人把叶茂英的丈夫叫过来做她的工作，要她出来配合调查。谁知她丈夫来了也无法让她出来。冯刚闻讯赶来向民警了解了情况后，又向施工方了解了一下情况，知道也就是200元钱的事情，算不上讹诈。于是他向车底下喊话，先介绍了自己的身份，然后说道："大姐，你出来吧，你不出来是解决不了问题的。"叶茂英在车底下哭着说："我不出来，出来他们就把我抓了关起来，我家还有两个小孩两个老人，我蹲牢房，谁照顾他们啊？"冯刚闻言哭笑不得："我陪你一起到派出所，保证他们不会把你关起来。"在冯刚苦口婆心和一再保证下，女人终于战战兢兢地从车底爬了出来，脸色蜡黄。冯刚打量了她一下，发现这是一个地地道道的农妇，看不出实际年龄，外貌粗糙不堪，是那种典型的风吹日晒、操劳不息的农村妇女。冯刚内心涌起一阵温热。经过询问，冯刚才知道叶茂英钻进车底快两个小时了，由于紧张和害怕，几乎要晕过去了。冯刚于是跟施工方协调，协调结果是叶茂英不再向施工方索要赔偿，施工方也不再追究。民警见施工方不追究，叶茂英的行为也没造成损害，批评教育她一番后，让她回家了。事后，有一个年轻的拆迁人员对农妇的做法十分不解："不就两百块钱，值得吗？"冯刚闻言正色道："为什么她会那么在乎两百块钱？最有可能是她的家里经济很困难，生活很贫穷。打一个比方：你的手机电量是 100% 的时候，你会在乎掉 1%、2% 的电吗？你肯定是不会在乎的，但如果你的手机电量只有 5% 的时候，你会在乎掉 1%、2% 的电吗？一定很在乎！所以你看，钱有多重要真的不好说，这取决于你有没有，你有多少，你有它的时候，它一点也不重要；你没有它的时候，它就是命，甚至比命更重要。叶茂英显然就是在农村里靠刨土来生存的，没有其他的经济收入，别说是两百块钱，就是十块、二十块，都会很在乎。"在处理调解群众征地拆迁的诉求和矛盾时，冯刚就是这样为拆迁权益人设身处地解决问题，从而使得这条高速公路的建设有了一个良好的开端。

## 六、四环路上最早搬迁和连夜搬迁的"难通户"

四环路是惠州市区内的一条已规划并部分在建的环城快速路，

全长 20.8 公里。

这条新建的四环路南段就在河南岸街道办事处区域内，规划红线宽度 60 米。征收河南岸街道冷水坑、马庄等村集体土地 568 亩，涉及要征拆的房屋 48 栋（间）。在征拆公告发出后，惠城区拆迁督导组组长程前就找到了河南岸街道办事处负责人游杰，问道："这条道路的征拆工作要怎么干？"游杰在这个征拆项目启动时就提前做好了详细的工作计划，他胸有成竹地道："先急后缓，两头并进，全力突破！"计划将区域内的工程分成四个标段来推进。程前听了很满意："不错，思路很清晰！"

有一户拆迁户的户主叫李红星，是一个退休老师。他家已经是二次征拆。第一次是修建"惠南大道"的时候，征拆了一次。现在修建"四环路"，又要征拆他家的房子。征地拆迁尽管表面上看来许多人都反对，但在农村其实是很受欢迎的，甚至认为那是老祖宗积的德，把家安在了拆迁之地上。想想啊，那补偿费就像是荔枝树叶全变成了钱，少的有几十万，多的有上百万，甚至是两三百万。这笔钱是农民"头拿（颅）顶到损，脚趾行到短"，辛苦一世也挣不到的。像李红星这样，一辈子竟能遇到两次拆迁，在许多农民眼中简直就像中彩票那么幸运啊。可李红星呢，不是嫌补偿款少，而是存心不想搬。游杰第一次上他家去做拆迁工作时，他就对这个政府人员破口大骂。骂政府的计划生育政策让他断子绝孙（李红星是"纯二女户"），骂政府他搬到哪就拆到哪，是存心跟他过不去。游杰在去李红星家之前，曾有跟李红星打过交道的拆迁干部提醒他："这个李红星是一个非常难对付的刺儿头，嘴上功夫非常厉害，你得小心点儿。"果不然，当过多年教师的李红星就像批评小学生那样，把游杰狠狠教训了近三个小时，宣泄积蓄已久的情绪。游杰尽管很无辜地被他骂得灰头土脸，但就是一句也不顶撞，老老实实地坐着挨训。等他说得口干舌燥了，游杰才跟他沟通交流起来。游杰发现，这李红星并不是一个不讲道理的人，他小时候家里很穷，15 岁前还没穿过布鞋。高中毕业后成为一名教师。生活最困难的时候，没东西吃，饿得全身水肿。改革开放后，李红星家里日子好过了一些，却接连生了两个女儿。这在重男轻女的农村是一件令人十分沮丧的事。李红星也极想再生一个儿子，可"一胎上环，两胎结扎"的计划生育政策让他完全没有了希望。游杰一边聆听他的坎坷遭遇，一边说着宽慰的话。慢慢地，李红星与游杰俩人竟然成了无话不谈的朋友，建立起了互信关系。李红星很快就同意拆迁。投桃报李，游杰也尽力帮他落实在新的宅基地建房的事情。在李红星的新房建成之时，游杰提着水果上他家去拜访。李红星见日理万机的办事处领导竟在百忙当中来探望他，非常开心，非要留游杰这个忘年交吃顿饭，还亲自下厨，焖了一锅香喷喷的糯米饭来款待他。席中，游杰问他，还有没有什么需要帮助的。李红星犹豫了好一会儿，才红着脸对游杰说，他还想在院子里打一口水井，但家里确实再也拿不出钱来了，能否借他点钱。游杰一口就答应了，当他得知打一口井要三千元左右时，第二天便从银行卡里取出了三千元亲自送过去，并对李红星说道："李老师，这钱不是借给你的，而是作为朋友我个人送给你的，大忙我帮不了，我就送口水井给你，以感谢你对政府拆迁工作的鼎力支持！"李红星接过钱，紧紧握住游杰的手久久不肯放下："游主任，俗话说'喝水不忘挖井人，你的友情我一辈子都会好好珍惜！"

就这样，李红星成了四环路南段拆迁工作中最早搬迁的一户。

还有一个住在马庄村的村民叫刘强，他家也处于施工道路红线之内，游杰三番几次上门，好不容易才跟他签订了拆迁协议。

然而，刘强拿了补偿金后，却以种种理由迟迟不肯搬走。一天晚上，刘强经不住游杰苦口婆心的劝说，终于口头答应马上进行搬迁。游杰从他不经意的眼神中看出了内心的犹豫，原本想着明天一早就过来督促他搬家的，转念一想怕他一觉醒来又不肯搬了，便把附近负责拆迁的施工人员和督促拆迁的工作人员全叫过来。当时已经是晚上八点钟，忙了一天的工作人员都已经疲惫不堪，但见游杰也都在一线忙碌着，于是合力帮助刘强搬家。刘强见大伙连夜过来帮忙，不好意思再找什么借口，只好配合大家一起搬东西。待这栋房子拆迁完毕后，已是凌晨一点了。游杰望着累得东倒西歪的同事，满怀歉意地说道："大家辛苦了，今晚的宵夜我请。"见大家都推辞不吃宵夜，便催促他们赶紧回家休息，自己这才捧起早已经凉透了的菜饭。

游杰负责的四环路南段的拆迁，是整条四环路最早完成拆迁任务的路段，成为四环路修建的一个工作亮点，受到了区委区政府和市委市政府的表扬。

## 七、半颗巧克力和一块金子

2018 年 4 月的一天，惠州市委书记带队到惠城区开展"大学习、深调研、真落实"活动。当市委书记来到水口街道的省道S120 线施工现场视察，看到原定于 3 月 15 日要完成的拆迁项目至今没完成，道路修建被迫停顿时，当场严厉批评了陪同来视察的惠城区委、区政府相关领导，对 S120 线项目下了"限 1 个月内完成征地拆迁、年底保证通车"的死命令。

为了按时完成市领导下达的"死命令"，尽快完成拆除清场工作，让 S120 线年底通车，水口街道办事处连夜开会，决定由党工委书记亲自抓部署，办事处主任亲自抓落实，实行"挂图作战"，坐镇项目征拆指挥部，一线部署协调征拆工作，带队上门与拆迁户协商房屋的腾空拆除工作。

"领导，不是我有意要做钉子户，而是我这栋房子拆掉了之后，我一家大小住哪儿？"拆迁户钟顺辉哭丧着脸对上门来做拆迁动员工作的办事处主任韦杭说道。一个村干部告诉韦杭，这一家是外来户，在水口这里除了这栋房子什么都没有，没地方可以建房。

韦杭看着这家子老的老小的小，在没有解决住宿问题之前，确实不能强行让人家搬家。他沉思了一下，说道："小钟，我跟你交个底，市领导要求我们在一个月内必须将这路段要拆迁的房屋全部拆迁完，这是死命令。你看这样行不行？你先租个房子搬过去，我们政府按规定给你一定的租房补贴；还有一个方法就是由我们政府给你家先提供几个住人的集装箱房做临时居所，待你家解决了住房后再搬过去。"

钟顺辉看韦杭帮忙解决了住所问题，就点头同意了。

拆迁户袁忠强是一个工厂的工人。一个星期六的早上，在家休息的他见到韦杭堂堂一个镇长（水口原来是惠城区一个镇，许多村民还是喜欢用"镇长"来称呼办事处主任）亲自到他家里来做拆迁工作，略带惶恐地说道："韦镇长，我家至今没有拆迁，那可是有特殊情况的。"他告诉韦杭，他老婆怀孕了，暂时不能搬家。

韦杭知道当地民间有个不成文的习俗，就是家中有孕妇不宜动土，怕动到胎气。古人认为，妇女怀孕时如果动土或者搬家，容易动了胎神和胎气，对生产不利。要知道孕妇可是一个家庭，甚至是一个家族的希望。韦杭沉思片刻，问道："孕妇的预产期是什么时候？"

"4 月份。"袁忠强回答道。

"好，那等你家孩子出生后再搬！"韦杭当机立断拍板道。

终于，省道 S120 线扩建工程的征拆项目，除了因有孕妇需延期至 4 月 23 日拆除外，其他的都基本按时完成了。

## 八、拆迁办的干部：下田能收谷，上田能搬家

江南大道是惠州市规划兴建的一条高标准的景观大道，连接惠州西部市区和东莞东部镇区。道路东起于惠城区江南街道第三东江大桥南端，与梅湖路和三环西路交汇，向西沿东江南岸依次经过博罗县罗阳镇、惠城区仲恺区、惠城区潼湖镇，终点在东莞市桥头镇，它建成后将缩短惠州东莞两座城市核心地区的距离，惠城去往莞城将无需绕行广汕公路或潮莞高速公路，还能与武深高速公路博深段无缝对接，推进珠三角东部城市一体化进程。

江南大道惠城段长约 11.3 千米，自 2013 年 8 月完成立项开始动工建设以来，至 2016 年仍有 17 栋房屋征不下来，成为市里的督办项目。负责江南大道征拆工作的，是江南街道办事处年轻的副书记庄爱民。有 20 多年丰富的基层工作经验的庄爱民，为人热情、工作有耐心、踏实肯干、善于跟群众打交道，安排他到拆迁一线去，那是最合适不过了。庄爱民了解到，这 17 户人家全是亲房、亲戚，纠缠在一起很难找出个头绪。从不服输的他在心里暗暗发誓：这 17 户拆迁户哪怕是一块钢，也要把它啃下来。

一个名叫高得平的村民是这 17 户拆迁户的领头人，把他的工作做通了，其他拆迁户的问题就能迎刃而解了。

庄爱民一次又一次地上门跟高得平讲政策："平哥，修路能造

福一方，你有什么要求就提出来吧，只要政策范围内允许的，我们都会尽量满足你!"

"是的，修路对一个地方来说是造福，但对我们这十多户人家来说却是造孽! 政府把我们的良田好地都征掉了，可我们农民除了耕田种地外，什么都不会。坐吃山空，没有了土地，你们政府给的那点补偿款，我们又能撑多久?"高得平高声大嗓地质问庄爱民。

能用钱解决的问题都不是问题。可高得平这十多户人家却从不愿意跟庄爱民谈钱，他们谈的都是对被征拆的这片土地、这些房屋的情感。现在是市场经济，虽然绝大多数东西都可以衡量出它的价值，并用相应的金钱去补偿，但是有些时候，金钱并不能弥补所有，尤其是人们的内心情感。每当此时，庄爱民也只能对高得平的言论表示理解。高得平这十多户人家都是客家人的后代。庄爱民在一些史料上了解到，客家民系是由于种种原因迁徙而形成的一个独特的民系。无论怎样漂泊，他们骨子里仍然保持了中原汉族恋土的情结，不是迫不得已，绝不愿意背井离乡。即使因为生存压力而远离故土的人们，也时刻眷恋着生养自己的这方热土。这 17 户村民主要原因之一是因为他们的恋土情结，希望政府能够体恤他们的感情和心意，更改道路规划，留住他们生于斯长于斯的土地。

可庄爱民知道那是绝对不可能的，为了城市的发展，为了时代的发展，牺牲小部分人的利益，是在所难免的。

人心是肉长的，他相信总会找到办法的。有一天他进了高得平家的院子，两只狗跑了过来，不咬也不叫，对着庄爱民的裤管嗅了几下，便摇着尾巴到一棵大树下趴着。

这天，高得平没下地干活，而是在家陪着两位客人喝茶。

"平哥好!"庄爱民向高得平打了声招呼，冲那两位客人点头致意，也在茶桌前坐了下来。

"这是我们辖区的领导，江南街道办事处的庄副书记。"尽管高得平对拆迁十分抗拒，但对庄爱民却不是怎么排斥，知道他所做的一切都是为了工作。

"庄书记好!"两位客人彬彬有礼地跟庄爱民握手，并自我介绍。从他们的介绍中得知这两位都和高得平有点沾亲带故，一个与庄爱民同姓，原是龙门县政府的一位副县级领导，现在已经退休在家，另外一个姓谢，也是一位退休的科级干部。今天他们是特意一起从城里过来看望高得平的。

两三杯清茶喝下去后，大家聊着聊着，话题很自然地又转到了拆迁问题上。这是庄爱民的一个能耐，话题不管是扯得多远，三言两语，七拐八绕，总会拐到征地拆迁那个点上。

高得平呷了一口茶说道："庄书记，今天我的两位朋友也都在这里，不是我夸口，我们村里的土地可都是好土地，长红薯、长花生、长玉米，不用怎么施肥就有好收成……"

庄爱民听高得平老调重弹，刚想说话，一旁的庄先生开口道："得平，你也已经六十多岁，别再辛苦操劳啦，你儿子不是都已经在惠州市区里买了房子吗？你应该好好歇歇，进城市里安享晚年吧。"

高得平搔搔后脑勺，说："我不想进城里去。"

"为什么？是跟儿子媳妇处不来？"庄先生说道，"要不要我来做做他们的思想工作？"

"不是的，不是的。"高得平连连摆手道，"我儿子孝顺，儿媳妇也贤惠，他们都叫我去。可在城里我住不习惯，那些楼房像个鸟窝，上不见天，下不着地，上个茅坑也在屋里面解决，拉都拉不顺畅！邻居门对门，楼梯上碰见了也不打招呼，'哐当'关上门，各过各的日子，想找个人说话都不容易。就是有人跟你说话，也聊不到一块，小区里的那些老头老太太，大部分都是知识分子，一身文气，我插不上嘴，搭不上话……我这人就是这号穷命，抢锄头、扶犁耙可是得心应手，一辈子离不开土地，也不想离开土地，所以我不想政府来征地拆迁。"

那位谢先生听了之后，分析道："老高，我这次在来你家的路上，特别留意了一下正在修建的江南大道，这道路上边在施工着，下边也在施工着，依目前的情况来看，估计你们这里的拆迁是势在必行，不可避免的。"

"是啊，得平，政府修建这条道路，那是方便群众出行的大好事，你得支持庄书记他们的工作啊！"庄先生也劝说道。

高得平听了，脸竟然红了起来，而后又搔起后脑勺，松口道："好的老庄，让我再好好考虑考虑。"

庄爱民万万没想到两位刚见面的老干部，竟然帮自己做起了高得平的思想工作，内心里说不出的感激，反客为主地忙不迭给他们添茶。

在聊天中，庄爱民发现高得平对他这姓庄和姓谢的两位朋友非常尊敬，又极度信任，于是分别留下了他们的电话，并经常与他们保持联系，向他们报告江南大道的修建进度，也向他们报告江南大道的拆迁情况。两位老干部不仅积极地帮忙做高得平的思想工作，还做起了村里其他村民的思想工作。最后，终于在他们的帮助下，高得平签订了拆迁协议。

庄爱民接着又陆陆续续地做通了其他 16 户村民的思想工作，顺利地签订了征拆协议。可一个多月后，江南道路的施工方找到他，说村民的拆迁工作没什么动静。庄爱民觉得很奇怪，这征拆协议都签了，他们为何还拖着不搬迁呢？上门了解才知道，原来拆迁户还要准备收割田地里的稻谷呢！

这田地上的农作物不已经按青苗费进行补偿了吗？怎么还要等着收割呢？这点田地里的收成损失与延误一条市政道路的施工建设相比，那真是微不足道啊！可庄爱民并没有责怪他们，他明白勤劳节约、爱惜粮食已经深入到老百姓的骨子里，能收的，他们是一颗都不舍得啊！庄爱民看着田里那一片片金黄色的稻谷，眉头拧成了一个"川"字：村里的年轻劳动力几乎都进城务工去了，留在村里的都是一些上了年纪的人，等他们将田里的稻谷收割完毕，那又要耽误多少时间？于是，庄爱民毅然决定，从拆迁工作组里抽调人力帮助拆迁户收割稻谷。他将工作组分成两组，一组割稻谷，一组打稻谷。庄爱民这个已经洗脚上田30多年的农家子弟，率先挽起了裤脚和袖子，左手紧握稻秆，右手拿着镰刀，带头下田割了起来。有村民赞叹说，庄爱民割稻谷的动作又标准又麻利，比许多老农妇割得还快。庄爱民笑着说，刚摸到沉甸甸的稻谷时，他心里就充满着丰收的喜悦，也重新体会到了农民的艰辛。"我感觉自己又回到了30多年前在农村干活的情景，没有忘本的感觉真好啊！"

拆迁工作组在庄爱民的带领下，头顶烈日，衣服干了又湿、湿了又干，可没有一个人离开劳动现场。经过两天时间的忙碌，村民的稻谷终于全部收割完毕。颗粒归仓的拆迁户，一户接一户地搬迁了。可是到春节前，仍有六家人没及时搬迁而影响施工，庄爱民不得不又带着工作组的同志们挨门逐户做动员工作。有拆迁户说过年了没人手，庄爱民马上回应道："我们帮你！"有拆迁户说年前找不到搬运车辆，庄爱民马上利用自己的私人关系，四处为他们联系运输车辆。年二十九晚上，庄爱民还在和工作组的同志们帮农户一起搬家，他妻子打来电话问他什么时候回家，年货都还没买呢。庄爱民只好在电话里赔着笑："我实在走不开啊，你自己搞定吧！"

那个春节，庄爱民过得一点都不踏实，因为市委市政府主要领导春节后又要来检查江南大道建设情况，于是，刚过年初五，他和他的拆迁工作组又开始到征拆现场去办公了。

没有奋斗，就没有辉煌；没有汗水，就没有收获；没有牺牲，就没有幸福；没有跋涉，就没有成功。人只有献身于社会，才能找出那短暂而有风险的生命意义。与庄爱民们共勉。

## 九、打通东部新城血脉的隆生大桥

桥，是一座城市发展的标志性建筑，也是见证城市历史发展的一面镜子。宋朝时，惠州西湖就有"五湖六桥八景"之说。所谓的古六桥，分别是西新桥、拱北桥、圆通桥、明圣桥、烟霞桥、迎仙桥。

城市大多依水而建，伴水而兴。随着经济的发展，人口的增加，建设用地的减少，城市不得不打破拘囿，跨江寻求更大的发展建设空间。因此，跨江发展是国内外依水而建的大城市发展到一定程度上的必然趋势。美国的纽约通过修建布鲁克林大桥、威廉斯堡大桥、曼哈顿大桥和乔治·华盛顿大桥等跨江大桥实现了城市向东和向西的跨江发展，最终成为美国乃至世界上最大的城市之一。我国的上海市，也是通过先后建设南浦大桥、杨浦大桥、奉浦大桥、徐浦大桥、卢浦大桥等跨江大桥，使原来发展远远落后于老城区的浦东成为现今中国最具现代化气息的地区。

惠州市在20世纪80年代，随着东江大桥、惠州大桥两条横跨东江的大桥建成通车，结束了市区江面和陆地的隔离状态。后来建成的合生大桥、中信大桥、金山大桥等跨江大桥，更是为惠州的经济建设以及推动城市空间发展提供了良好的源动力。

然而，在惠州"南进北拓，东西延伸"的城市发展脉络中，东部新城的进展却不尽如人意。与江北、东平仅有"一臂之遥"，有着优越的景观资源、高层次的酒店及公园配套、旺盛的居住氛围、充裕的土地储备的东部新城，眼看别的区域发展得如火如荼，房价日新月异，它却始终不温不火，即便是旁观者，也不由得心急。

掣肘东部新城发展的主因，就是交通。彼时，连接江北、东平的主通道中信大桥，因为负荷较大，长年累月拥堵；三环东路、水口大道虽与惠州大道接驳，但因为车道较少，加上长年失修，路面坑洼不平，拉长了人们出行的心理距离。于是东部新城一度成为外人眼中"偏僻"区域的代名词。

然而，随着隆生大桥的规划、动工，东部新城开始显出后发之势。

隆生大桥位于惠城中心区东北部，横跨东江，连接江北和江东两大片区，总投资16.5亿元，建设工程于2014年4月28日奠基。

"建"与"拆"是城市现代化建设的一对孪生兄弟。伴随着基础建设项目的上马，相关的拆迁工作也即时启动。

在隆生大桥的东部新城片区（即水口办事处段），征拆全长约4.1公里，其中仅征拆村（居）民房屋就120栋，涉及170户。征地拆迁工作启动以来，水口街道办事处按照市、区主要领导的要求，积极整合人力物力，扎实有序地推进各项征拆工作。

　　隆生大桥项目水口段征拆的范围集中在水口街道龙湖的商贸中心地带，被征收的房屋基本都存在"住改商"的情况，一楼商铺的租金价值高且升值空间大，部分拆迁户一开始对项目的征拆工作采取不支持、不理会、不配合的"三不"态度。水口街道办事处征拆第三工作组负责的其中一户拆迁户，把征拆组的电话直接拉入黑名单，将上门做工作的征拆人员拒之门外，使得在相当长的一段时间里，征拆人员既不得入门也无法与户主搭上话，房屋的测绘、评估也一直无法进行。正当征拆工作苦于找不到切入点之际，征拆组了解到，该拆迁户夫妻俩有外出散步的习惯，经过多方打听，进一步掌握了该拆迁户经常会到水口文体中心广场散步的情况。

　　这一发现让征拆组很是惊喜，征拆组的三个成员商量，既然不能进门就干脆等户主出来，既然电话不接就借散步创造个偶遇搭讪。于是，"晚上散步"成了该征拆组的一项特别工作。该组的三名工作人员除一名在拆迁户的门口周围负责"盯梢"外，其余两人每天晚饭后便到水口文体中心广场候着。终于，在守候的第三天，拆迁户夫妻两人出现在水口文体中心广场。征拆组的两名成员赶紧上前搭讪，抓住难得的机会开门见山说明来意。可拆迁户一听是政府的征拆工作人员，就立马收起了笑容，对工作人员的话不理不睬，继续散步，任凭工作人员讲到声音嘶哑也一字不应，把工作组人员当成"透明"。第二天、第三天、第四天……情况依然如此，该拆迁户虽没有刻意避开征拆组的工作人员，但也不愿意跟征拆组的成员说一句话，对一直跟在后面的工作人员视而不见。人虽见着了，甚至几乎可以天天见面，可是话却搭不上，征拆组的三名工作人员讨论后决定转变思路，先不再直接跟拆迁户谈他房屋拆迁的问题，转而就这样天天跟在他们夫妻俩后面，陪着他们散步，同时刻意讲一些关于其他工作组或其他项目征拆的正能量。这样的散步持续到第九天，该拆迁户终于回过头向征拆组的工作人员询问了隆生大桥项目征拆的补偿政策、拆迁安置等相关情况……第十天、第十一天该拆迁户已愿意跟工作人员边散步边谈拆迁的事宜。经过工作人员耐心细致的讲解，散步的第十五天，该拆迁户终于在散步还没结束的时候就同意让测绘、评估人员先进场对房屋进行测绘、评估。

隆生大桥项目国有土地的拆迁户除了部分是水口本地人外，也有来自香港的居民。水口办事处征拆第七组负责的一户拆迁户祖籍水口，但早年定居香港，已80多岁高龄且腿脚不便，极少回水口老家，房屋的征拆工作也主要是通过电话沟通，征拆组的成员亲切称呼其为"陆伯"。考虑到陆伯的实际困难，且房屋已到了签约的环节，征拆组决定去香港陆伯的家中与他面谈房屋的签约问题。

正当征拆组准备动身去香港的时候，陆伯突然提出想回水口老家探亲三天，同时面谈房屋的征拆问题。为了这十分难得的见面机会，征拆组趁热打铁，在陆伯返乡的当天就把他接到了水口隆生大桥项目指挥部，几名组员轮流为陆伯讲征收政策、解释房屋价格……然而陆伯对房屋价格不满意，不愿当场签约。接下来的两天，征拆组坚持天天上门与陆伯沟通，但成效不大，陆伯始终回避签约的问题。眼看陆伯即将返港，征拆组万分焦急之际，却意外得知陆伯因身体突然不适，被送到惠州市中心人民医院住院治疗了。由于陆伯全家多年前已定居香港，子女都在香港那边，返乡期间也全靠聘请的保姆照顾生活起居。考虑到陆伯的实际，征拆组的四名成员决定做陆伯的临时"陪护"，暂时放下征拆的问题，每天轮流到医院看护，帮助陆伯打点住院期间的饮食起居，直至他康复出院。十八个日日夜夜的"全程陪护"，陆伯全看在眼里，记在心里，真切地感受到了这四个年轻人不是亲人却胜似亲人。在康复出院的第二天，陆伯就在房屋征拆协议上签了名，而陆伯的签约也影响了另外两户定居香港的权利人，他们在同一个月内先后返乡签订了房屋征收协议。

在隆生大桥水口段集体土地征拆户中，有一家三兄弟同住在一个院子内，老大、老二、老三均已成家，都以务工或做小生意为主。项目征地工作启动后，三兄弟便一致提出提高征收价格等不合理要求，征拆组的工作人员上门做工作时，他们表示若不能满足他们的要求，房屋征拆问题就不用谈了。三兄弟的抱团给征拆工作带来了不小的困难，征拆组的几名工作人员经过多次讨论，认为如果继续正面沟通难以取得较好的成效，倒不如暂时停一停，先从其他渠道摸清三兄弟的基本情况，梳理他们的社会关系，从中查找新的切入点。经过细致深入的排查，了解到老大从事运输石料等建筑材料的生意，但近年来经营状况不好，收入大幅减少。正好三兄弟的房屋均在隆生大桥项目水口段的征拆红线范围内，他们便意图以签约为筹码，获取超出征拆政策规定范围的利益。

说来也巧，征拆组的一名工作人员也有亲戚朋友从事与老大相关的行业，说不定可以为老大牵线搭桥做些生意。为此，征拆组决定暂时改变上门的方式，先由该工作人员以私人的名义找老大，表示有亲戚需要石料。老大见生意上门，顿时喜上眉梢，一改往日冷硬的态度，热情地与该工作人员谈起生意来。经过一番张罗，老大的石料生意还真的做成了。征拆组的工作人员感觉时机已成熟，再次上门与老大洽谈征拆的问题，老大终于松了口，表示愿意配合征拆工作，并可以帮忙做老二、老三的思想工作。征拆组决定一鼓作气，先争取与老大签约，再继续找老二、老三协商，并连夜准备好了老大房屋的征拆协议及其他相关材料，顺利签下了老大的房屋。老大签约后，也积极帮助征拆组做老二、老三的思想工作，最终老二、老三也先后签约。

我国中医理论认为："心主身之血脉。"（《素问·痿论》）其义为：心有推动血液在脉道中正常运行的作用，血液依赖于心气的推动而在脉中运行于周身，堵则成血栓。城市亦然。城区交通命脉的强劲搏动，无疑为惠州的经济腾飞奠定了良好的基础。

## 十、金恺大道从他家的小楼穿过

2018 年 4 月 8 日下午，城区人民政府人大法工委主任王沛在他的办公室接受了我们的采访。

个头不高，体型中等，说话却中气十足的他，从 2015 年起就参与了惠城区的征拆督导工作。他先从宏观上谈起了城市发展与拆迁工作的关联："惠州的征拆工作自地改市 30 年来始终就没停过，你们也是这座城市发展的亲历者和见证者。惠州过去的基础设施薄弱，底子差，从发展阶段看，惠州的征拆工作才仅仅拉开了序幕，原因是一座城市的征拆就是拉动城市的内需，就是抓经济发展，不创新必定就会落后。再说，随着城市的发展，破旧的道路和房屋必定要不断地改造或拆迁重建。这是时代发展的必然趋势。"

短短的一段开场白，涵盖了惠城区的城市拆迁工作所处的现状和未来的发展趋势，还折射出城区政府决策者的思路。

王主任负责征拆工作的三年多时间里，经历了许许多多难以想象的困难。他向我们讲述了金恺大道项目拆迁中的一件往事：20多年前在一个荒僻的山洼洼里，有一座安置伤残复退军人的医院，它远离市区，未通公交，只有一条羊肠小道蜿蜒到山里面。满山杂草丛生，里面有不少蛇鼠蚊虫。那是个没人想去的地方，也仿佛是被城市遗忘的犄角旮旯。可随着城市的发展，这里成了红花湖的南出口，满山栽种了各种花草树木，山下环绕着绿宝石般的红花湖水库，政府还修了18公里的环湖绿道。四季葳蕤的草木环抱着青山绿水，遍地花草如春，景色宜人，一下就变成了惠州著名的旅游风景区，还成为市民休闲的好去处。在医院不远处的山脚下，建起了一座碧瓦白墙的高档养老院。真可谓三十年河东三十年河西，当年的穷乡僻壤如今成了风景如画的风水宝地。

更让冯院长心里如灌了蜜一样的是，20多年前以院为家的他，倾其所有在单位旁边建了一栋小二层楼，当初只为上班方便，却不曾想20多年后这里仿佛换了人间，一家人别提有多开心了，左邻右舍和单位同事更是夸他有远见！能生活在如幻如梦的仙境里，也是今生无憾啊！

谁曾想到好梦不长。一条道路的规划图横空出世：政府要建一条金恺大道，而这条大道不偏不倚地正从他家的小二层楼中间穿过！这无异于一声霹雳炸醒了梦中人。

不愿意搬离在情理之中，在这里住了20多年，感情难舍；如今再买这样的商品楼，价格对普通工薪阶层来说如同天价；两层小楼虽旧，按120平方米折换赔偿款才50多万，再买一套同等面积的商品楼最低也要60多万。他们想不通。无论征拆组工作人员怎样做工作，冯院长就是不同意，后来干脆把征拆人员拒之门外。

时间一天天过去，周围的人都搬走了，医院的房子也拆成一片瓦砾，只有冯院长的房子醒目地矗立在旷野之中。水电已停，房子也无法再住人，冯院长夫妇临时搬到孩子家去住，但拒绝拆迁。他们不属于漫天要价的主，只要求在附近换置一套同等面积的商品房，也没提出其他不合理要求。毕竟当过兵，打过越战的冯院长是有一定觉悟的。拆迁办也觉得赔偿不够合理，谈判一时陷入僵局。

城市的发展需要众多因素的推动，工程建设项目开发是其中最重要的要素之一。金恺大道是连接市区到仲恺开发区的一条重要道路，它的开通，可缓解市区到仲恺和陈江的交通拥堵现状，市民出行等综合大环境得以改善，由此带动四周经济的发展。工期不等人，可因为冯院长这栋小楼拆不下来，金恺大道的整个拆迁工程不得不停了下来。

为了解决难题，征拆人员还求助于冯院长的儿女一起做工作，仍没结果。王沛主任也亲自出马，上门做工作："当时我设身处地跟冯院长分析情况，跟他聊军旅生活和他打仗的荣耀，彼此敞开了心扉。他说了自己的合理诉求，我认真听，的确在理。我答应他，在政策范围允许的条件下会努力为他争取。"面对笔者，王主任推心置腹地说："当时的赔偿标准的确有些低，何况他的房子在大环境的改善中本应是最大的受益者，平心而论，在市区任何地方按赔偿价都换不到这样环境和位置的住房了。在当时，周边的房价都已是六七千元一平方（米），100个平方（米）都要60多万，就那区区50多万，怎么买得起？就是换作我的亲戚也会一样想不通的。"

后来经过反复做工作，冯院长也做出让步，让拆迁办在东湖花园他儿女家附近给他置换一套相同面积的二手房，以便于将来方便儿女照顾。可是，拆迁办的同志跑遍了整个东湖片区的楼房，都没有结果。这里的旧房每平方米已接近一万元。在僵持的几个月中，冯院长看到了拆迁工作组的不容易，更为他们的真情所打动，这个有一定思想觉悟的老党员最终还是顾全大局，体谅政府，只拿到 60 万的拆迁赔偿就签下了协议。

这件事情王主任感慨很深："都说拆迁难，我们政府工作人员和从事拆迁的工作人员都应该换位思考。城市要发展、环境要改善，老百姓也一定会做出牺牲，如果老百姓人人都想在拆迁中得到最多的利益，那我们的拆迁工作就真的难以推进了。其实我们也一直都在为老百姓争取利益，就说补偿款吧，从 89 号到 189 号令的转变，就考虑到了房价飙升的实际情况，尽量减少老百姓的利益损失。老百姓是我们共产党执政的根基。"

# 第三章　"城中村"的蜕变：
# 山鸡变凤凰

## 一、望江村，还你水清鱼嬉稻花香

在惠城区江北街道有一个村庄叫"望江村"。

望江村紧邻东江畔，顾名思义，这里的村民祖上择江而居。清晨，村民迎着太阳染成金色的一江秀水而出，耕种、捕捞、牧牛饲鹅。傍晚，村民顺着夕阳映红的满目江水，向着袅袅炊烟升起的村落归去。忙碌的一天结束了，他们又枕着哗哗流淌的江水酣然入睡。日复一日，年复一年，走过了千年的岁月，开垦出良田万亩，至 20 世纪 70 至 80 年代，已成为闻名惠州的鱼米之乡，村民们过着富庶而安逸的生活。

随着惠州城市建设的飞速发展，2017 年惠州市人民政府做出江北望江片及龙丰小新村城市棚户区改造规划。当年 8 月 14 日，惠城府发布了"关于召开江北望江片城市棚户区改造项目用地上房屋征收补偿安置政策听证会"的公告。这则公告一出，如同重磅炸弹落地，整个望江村像炸开了锅一样沸腾起来。

村民们得知自己的村庄被纳入棚户改造区，一时间奔走相告，都在讨论着、盘算着，各种小道消息和谣言不断，纷纷四起：为什么要我们整村搬迁？是不是房地产商与政府勾结看上了我们的地？打死都不搬！我们祖祖辈辈在这里住了近千年，搬走了我们的根就没了，家也没了！新环境再好，村不是过去的村，家也不是过去的家了。搬走了，我们是农民，没有地靠什么活命啊？要我们搬也行，要像其他城市的拆迁那样，把房子建好我们再搬。现在安置房都没有就让我们搬，将来政府变卦，我们怎么办？村民怨声载道，情绪格外激动。

为何要把望江村作为惠州市棚户改造试点村呢？

根据惠州市环评报告高空拍摄图片显示，在高楼大厦和公园绿地包围中的望江村显得杂乱无章，横七竖八的自建楼房随心所欲，我的房子我做主。如今，它严重影响到惠州市建设绿色山水城市整体发展的规划和速度，因此市政府在多方论证后决定，对望江片城市棚户区进行改造。改造的规划用地面积约93.23万平方米，涉及的村户数约7240户。

其实在确定整体搬迁之前，也就是从2014年起，市政规划的系列民生工程中就有好几项与望江村关系密切：隆生大桥连接线从村子南边穿过，部分居民将搬离故土；望江沥的改造、四环路的延伸，又牵扯到沿途不少村民世代居住的故土和祖屋。而隆生大桥和望江沥的改造这两个市政工程恰恰是全市关注度最高的项目。在一次拆迁大会上，惠城区领导曾表示，区里有一百多个拆迁项目，如果这两个项目没有做好，那他们的拆迁工作成绩可以全部清零。可见这两个项目在惠城区发展中的重要性。

有业内人士表示，望江村拆迁工作的复杂性居全国之首。是的，此话不假。在拆迁工作组进驻的前七八个月之中，村民纷纷抱团拒签，使得拆迁工作根本无法推进。面对如此难题，江北街道办及时调整了班子的同时，充分调动基层党组织，让在望江村有一定影响和号召力的村委书记、主任成高晖负责主抓该村的拆迁工作。

成高晖是土生土长的望江村人，从小聪明伶俐，学习成绩十分优秀，初中毕业后便考上一所中专学校。20 世纪 80 年代，考上中专、师范学校都是学习成绩优秀的农村孩子的第一首选，因为考上中专或师范学校，就等于"跳农门"，成为一个吃"国家饭"的人了。学无线电专业的成高晖毕业后却没有寻思着进企业工作，走出校门后，在离家几公里远的小金口镇开了一家电器修理店，自己创业。他技术精湛，为人热情，生意越做越好，年纪轻轻就成为一个远近闻名的"万元户"。

成高晖的父亲是中华人民共和国成立后望江村的第一任党支部书记，在村里德高望重。受老父亲的熏陶，赚到第一桶金的成高晖，致富不忘回报家乡的父老乡亲，他回村投资办实业，建市场、建厂房、修路，尽心尽力，带领村民一起发家致富。

村干部见这位年轻人思维活络，能力强，又有服务乡梓的热心肠，便把他选进村委。成高晖不负众望，从一个普通的办事员干起，很快就成长为独当一面的工作人员。望江村自改革开放后，经济迅猛发展，外来人口众多，1999 年成立了江城居委会，成高晖担任居委会第一任书记。由于工作表现出色，2006 年江北街道办任命成高晖担任望江村党支部书记，次年在村委会换届选举中被村民高票推选为村委会主任。

采访中，成高晖坦诚地告诉笔者："望江村管辖区有一万多亩土地，以出产大米、红薯、甘蔗著称，是惠州市区远近闻名的鱼米之乡。因为城市发展的需要，望江村的土地不断被征收。望江村民们为了支持国家建设，一直默默地作出贡献。由于没有利用好征地回拨地和补偿款，望江村的集体经济一直发展不起来，村民意见很大，征地矛盾突出。"

说起当初村里启动拆迁时，成高晖心情仍有些沉重。他说，拆迁工作是城市改造的重中之重，他们一边要坚定不移地完成上级交给的任务，一边要面对自己同根同宗的父老乡亲，如何开展工作？他坦言压力实在太大！但时间一长，他对拆迁工作就有了自己独特的看法：拆迁是一门学问，当一个村落在改造中逐渐消失，过往的所有印记和乡愁会牵动着每个村民敏感的神经，那种永别可不是用语言能表达的，但我们的人民是通情达理的，具有大局意识和奉献精神。

当成高晖讲起隆生大桥、望江沥整治征地拆迁的经历时，感慨万千："我们在严格按照政策办事的同时，也在争取群众利益的最大化，重要的是保证工作的公开、透明。依法拆迁、阳光拆迁。要完成组织交给我们的重任，一定要依靠党员、依靠干部，党员干部要统一思想，提高认识。"他告诉村里的干部："党和政府投资几十个亿来改造我们居住的环境和村容村貌，这是望江村一个千载难逢的好机会，我们不能错过这么好的发展机遇，如果工作推不开，不但影响了江北作为城市中心区的发展进程，而且对集体经济也带来严重的负面影响。所以，我们无论如何都要把拆迁工作做好！"所有村干部的思想统一后，他马上按照拆迁指挥部的工作方案进行部署，四人一组，包干到户，分头逐门逐户做村民的思想工作。

村上在城里务工的人多，上班时间家里都是"铁将军把门——没人"，只能趁他们中午回家吃饭的时间顶着烈日一户户去宣传，或者晚上借着依稀的星光伴着田里的蟋蟀声，走过一条又一条的乡间小路去拉家常、讲政策、说利害。

　　成高晖把村里房产最多的大户和工作最难做的农户都分给自己。他带领第一小组四个人来到隆生大桥拆迁项目中最大的拆迁户王格家。此前，拆迁工作组的人员上门时从来没能踏进过他家的门槛。王格从视频监控里见是成书记，犹豫了一下，还是给面子开了门，把成高晖一行人请进屋子大厅里，还给每人倒了一杯茶。成高晖跟王格之前也有过许多交集，因此这一次登门，虽然没能取得任何突破性的进展，但已经开了一个好头。

　　在拆迁村民的走访中，成高晖了解到拆迁的阻力主要集中在这几个方面：第一个是村民对政府部门的评估价意见最大，政府给村民的价格是一平方米 3000 元左右，但附近新开发的"江湾南岸小区"的售楼价是每平方米 1.2 万元以上，拆迁户的 4 平方米还抵不上人家的一平方米；第二个是房屋丈量方法，过去使用滴水线计算，空中飘出去的也算面积，现在采用的是基脚线计算法，空飘部分都不算了；第三个是房屋拆迁补偿是按 4 年前航拍图的房屋作为依据，而四年中村民又建了不少房，这次拆迁对加建部分一概不赔；第四个是封闭阳台按全面积计算，开放式阳台算一半面积，导致村民纷纷把阳台封上……由于这一系列问题都得不到妥善解决，村民们便联合起来抱团抵抗，谁也不能先签合同。征拆工作就这样僵持下来。王格是这次拆迁中的超级大户，也是村里较有实力较有名望的人家，因而做通他的工作尤其重要。他像一个防御牢固的城堡，攻下来，其他的一切就迎刃而解了。

　　第一次登门还算顺利，于是就有了第二次、第三次……每次去就是漫无边际的闲聊，东西南北、海阔天空，无所不谈。可每当成高晖时不时有意识地把话题拉到征拆上时，王格都能自然地再转移到其他话题，反正就是不提拆迁不提签合同的事。想着隆生大桥这个市政府重点项目的工期都给此处耽误着，成高晖和同事们心里十万火急，如坐针毡，可面对耍太极的拆迁户，除了耐心，还是耐心。

工期不等人。为了加速推动征拆工作，惠城区政府定了一个集中签约日，承诺凡在当天签约的，可以优先抽签选安置房。可直到"集中签约日"的前一天，王格一家还是没有一点动静。若还这样僵持，政府的所有努力又要打水漂了。成高晖心急如焚，一早匆匆吃了几口饭，撂下碗就带人直奔王格家。去了，王格还是一如既往地陪着喝茶、聊天。其实该说的早说了，双方都心知肚明，就是这样不温不火地耗着。熬到中午，王格跟家人进厨房里吃饭去了，成高晖一行人却厚起脸皮，赖着不走。王格吃完午饭出来作陪时，气氛已经变得十分尴尬，又继续喝茶聊天。太阳渐渐西沉了。成高晖一行人早就饿得肚皮贴着脊梁骨。王格的老婆准备做晚饭了，见成高晖他们还是没有走的意思，便冷起脸来下逐客令："你们走吧，我们要吃晚饭了！"

成高晖硬着头皮，厚着脸皮说："老嫂子，我不能走啊，我这次回去可真是无法向上级交差。我们几人现在实在是饿得慌，手脚都发软，你就发发善心，等会儿放米下锅时，多放几把米，让我们也吃几口，我们不吃菜，吃白饭就行。"

成高晖一句话说得王格老婆心里有点不是滋味。人非草木，孰能无情。知道成高晖等人确实是饿坏了。她想到堂堂一个几千人大村的书记，却是一直屈尊待在自己家做工作，也实在是不容易，看他们那架势，完全是一副不达目的不罢休的样子，不仅是晚饭，估计晚上睡觉都要睡她家里了，于是便把丈夫唤到了里屋。

十几分钟后，王格夫妻俩出来了："我们同意拆迁，明天就去办签约手续吧！"成高晖激动不已，紧紧地握着王格的手："感谢你的支持！感谢你的深明大义……"

第二天，随着王格的签约，其他持观望态度的村民也纷纷跟着签了。

成高晖不仅要在村内做动员工作，甚至还要到广州、深圳、香港、珠海、汕头等城市做工作。

除了王格，村里还有另一大户名叫喻巧玲，她早年去广州搞养殖业，从此长期在广州生活，很少回家乡。她头脑聪明，经营有道，挣了钱就回乡建房，久而久之，在村里建了不少房。有房就有家，就有根，她一刻也没忘记生她养她的故土。一个女人挣下如此多的产业实属不易，其中艰辛也只有她自己知道。可现在望江村所有的房子都要拆了，仿佛将一棵棵树连根拔了，喻巧玲是怎么都想不通，况且补偿数目与其所期望的差距较大，安置房连影子还没有，万一政策变了，自己半生的心血不就付之东流了吗？因此，喻巧玲坚决不同意拆迁。她思量，我人在广州，拆迁人员不可能总来广州谈吧。拆迁的谈判就这样陷入僵局。成高晖得知后主动加了她的微信，每天用微信聊天，嘘寒问暖，聊村里的见闻，惠州的变化，大项目将带给大家的实惠和好处。风雨天总会及时送去关切和贴心的电话问候，而且一口一个大姐，既得体又温馨。可聊了一个多月，喻巧玲就是不松口。恰好端午节快到了，成高晖下班回家，看到妻子在家里做粽子，心里一动。想到喻巧玲一人在外面打拼，过年过节都没有一个家人朋友相伴，便有了主意。妻子见成高晖回来了，心生欢喜。自从他接手拆迁的工作之后，几乎每天都忙到凌晨一两点才回家，一家人时时都为他捏着把汗。现在见成高晖盯着粽子出神，以为他想吃粽子，赶紧跑到厨房拿出几个刚出炉的粽子。成高晖尝了一口，高兴得连连说道："这粽子可以，猪肉、虾米、咸蛋黄特别香！"成高晖边吃边吩咐妻子："多做一点，多做一点，品种也要多样化，我要拿去送人！"他告诉妻子，明天他要亲自把粽子送到广州喻巧玲家。一直特别理解和支持丈夫工作的妻子，次日一大早又增加了各种食料，每样都包了一些。可她等到天差不多黑了，成高晖才忙完手头上的工作回到家。妻子看到忙碌了一整天的丈夫还要赶夜路去广州，虽然心里忐忑不安，但熟知丈夫的性子，只好由他去。成高晖在妻子的千叮万嘱中，连夜带着两箱妻子亲手做的蛋黄肉粽和豆沙、红枣馅甜粽，匆匆赶往广州。赶到喻巧玲的养殖基地时，已是半夜时分。

看到来自家乡的饱含浓情厚谊的两箱粽子，喻巧玲的心瞬间被融化了，她热泪盈眶地说道："我支持政府的拆迁，更认高晖书记这个老乡！"

惠州毗邻香港，受特殊的历史原因和地理环境影响，20世纪六七十年代，惠州有许多人到香港去谋生，经过几十年的打拼，至今许多人已定居香港。改革开放后，他们见家乡日新月异的变化，很多人又回到惠州置地建房。陈二田就是其中一位。

陈二田在望江村建有一栋三层高的房子。房子刚建成时在村里面是相当抢眼的，可陈二田平时却极少回来住，尤其是近些年，几乎没有回来过。如今，他的那栋房子因望江沥的改造而纳入了拆迁范围。

拆迁工作人员多番与陈二田电话沟通，但他都以各种理由推辞，不愿意回来商谈，幻想着不切实际的高额赔偿。他铆足了劲儿要做"难通户"，并且扬言，如果政府敢强拆他的房子，他就向境外媒体爆料，抹黑中国政府，抹黑中国共产党。

成高晖知道这样特殊的难通户不能硬来，只能晓之以理，动之以情。他了解到陈二田有一个 70 多岁的哥哥陈大田仍住在望江村，就提着水果去登门拜访。

成高晖与陈大田聊家常，慢慢地就把话题转到了他弟弟陈二田身上，从他口中知道，陈二田自幼敢打敢拼，性格十分倔强、孤傲，爱面子。陈大田还告诉成高晖，陈二田近期会回惠州一趟，参加他一个发小儿子的婚礼。成高晖得知后兴奋不已，马上回去着手做准备。恰好陈二田那个发小成高晖也认识，于是，在那场婚宴上他很快就与陈二田认识了，并当众敬了他三杯酒，赞扬他当年去香港打拼的勇气。陈二田在众多亲朋好友和乡亲们面前受到了成高晖这个村里父母官的礼遇和敬重，十分开心，当即邀请成高晖明天去酒楼喝早茶。这正中成高晖下怀，他爽快地答应了，饭后马上将情况向江北办事处书记秦华作了汇报。秦书记当即表示要一起去见见这个香港客。

陈二田听说江北办事处的一把手也要来作陪，很是欢喜，第二天便在江北一家茶楼订了一个包间。餐桌上，大家相谈甚欢。秦华书记跟陈二田介绍了江北近年的发展情况，成高晖也向他介绍了望江村的近期情况。

成高晖没有直接跟陈二田谈他房子拆迁的事，而是列举了许多从望江村走出去的乡贤为家乡做了哪些贡献。陈二田听罢，先是沉默不语，而后他动情地说道："高晖书记，我作为一个土生土长的望江村子弟，也希望能为家乡的发展贡献自己的一份微薄之力，你说说，有什么我能帮得上忙的？"成高晖闻言，就赶紧把有关望江沥的改造情况跟他详细地介绍了一遍，希望他能给予大力支持。

陈二田听完介绍后深有感触："是啊，望江沥以前可是一条非常清澈的小河，清得可以看见河底的沙石，可以看见小鱼在河里游来游去，小河的河水很绿，绿得仿佛一块翡翠，我儿时经常在河里游泳、捕鱼、捉虾。可近年来，我回来看到的望江沥河水又黑又臭，闻到都想吐，这也是我多年不想回家乡的原因之一……既然政府要改造这条臭水沟，还望江沥'河畅水清'，我身为村里一员，肯定是要大力支持的。我知道我的房子在这个改造范围里面，你们把拆迁协议书拿来，我今天就签好给你们，希望政府尽快把这条望江沥整治好，把望江村改造好，这样，我不仅以后会常回家来看看，也会带一些香港的朋友回来参观……"

走遍天下，根在惠州，离乡背井的游子，他们都热爱家乡，都为自己是惠州人而倍感骄傲和自豪。无论身在何处，他们都能真切地感觉到根之所在，根之所系，那就是刻骨铭心的故乡情。

就这样，在江北街道办和成高晖为主的征拆工作组的共同努力下，望江村的村民在安置房尚未开工建设的情况下，仅仅望着村委会墙上挂的那张一期安置房的彩色平面图，为了隆生大桥的建设和望江沥的整治及棚户区改造，带着无限眷恋和美好的回忆，依依不舍地搬出了自己的家园……这需要村民们怎样的境界和胸怀？又凝聚了多少征拆工作者的心血和付出？

## 二、水北村的前世今生

流经惠州市区的两条江，一条是东江，一条是西枝江。为人熟知的东江，像一条金鳞巨蟒从江西定南的三百山冲出，翻滚着，呼啸着，奔腾着，一路南下，到了惠州却拐了个弯，变成了"一江春水向西流"。而水北村，恰恰就处在这个转弯处。

曾有人从风水的角度撰文称："这是仙鹤的形胜，翱翔是她的本分。"换句话说，水北村是块福地，生活在这里的人们一定会丰足，美满。事实正是如此，远在元末明初的时候，水北村的先祖便在这里开基创业，耕田种地，撒网捕鱼。所谓"稻花香里说丰年，听取蛙声一片"，就是水北村农家生活的真实写照。

1988年，惠州市行政中心在江北落成，江北办事处成立，水北村属江北办事处辖下。到了90年代后期，水北新村却因无序发展，变成了一个垃圾遍地、街巷脏乱的"城中村"，一度成为这个城市尴尬的硬伤。随着惠州城市化进程的加快，这个有着700年历史的古老村庄成为首个被改造的"城中村"。

拆迁，必然要牺牲部分百姓的个体利益。关于拆迁而引发的各种恶性事件频频发生，而这个有着40多万平方米、7个自然村、几千户人家3700多人的水北村，在搬迁过程中却没有发生过一起打架、群斗、示威等情况，它的成功经验成为惠州市城中村改造的典型样板。

有句老话说得好，"火车跑得快，全靠车头带"。1999年，水北村改为水北社区居委会，这趟列车的车头就是水北居委会党支部。他们开展"阳光居务"，紧紧依靠老党员、老干部，首先转变观念，将原来的生产管理转变为社区服务管理，管理干部就是原来生产队的干部。充分发挥老党员做好宣传工作、动员工作、收集意见工作，居委会只是联系、促进居务工作，而不是包办、取代居务工作。

在老党员、老干部的带动下，很多群众从"要我搬迁"成了"我要搬迁"。不少村民是自己丈量，请求签约的。民营企业老板黄中强属于"拆迁大户"，他在水北村有6000多平方米的厂房、900多平方米的宅居。在拆迁过程中，当拆迁工作人员为他丈量完后，他执意要请工作人员吃饭。虽然工作人员婉拒了，但被他支持拆迁工作的那份深明大义所感动。

水北村党支部的领导对全村整体拆迁这样的重大工作，不仅重视，更重要的是对拆迁工作的意义十分明确：它是时代发展的必然，也是他们极好的发展机遇。这个机遇不是光靠拆迁补偿就可以解决和把握得住的，首要问题是如何解决好村民们对日后生存、生活、工作、出路等问题的种种担忧。他们执行惠城区委、区政府和江北办事处的指示，把"人民利益高于一切，造福百姓重于一切，实现群众愿望先于一切"作为所有拆迁工作的目的。他们以人为本，把群众的利益放在首位，如拆迁的赔偿、股份章程、股民资格等都是几经讨论才形成的。他们采取"受理一个厅，办公一站式，服务一条龙"的工作方法，大大方便了群众。村里的工作不仅仅靠讲，更主要的是要做，实实在在地做实事，村民看得见才信得过。

他们做了哪些让老百姓心服口服的实事呢？

一是解决就业问题，不做伸手派。土地没有了，农民还能做些什么呢？就业就成了头等大事。办事处采取自己消化解决的办法，社区内的物业管理、环境保洁、保安，都是优先任用本村人员，同时还举办各种就业培训以适应其发展的需求。

二是以拆迁谋发展，对商铺、市场、综合楼给予优惠政策。优化物业和产业结构，如江北丽日购物广场以出租形式收取租金、粤东家具博览中心则以土地入股形式参与。小区有8000多平方米铺位档口，近万平方米的水北综合市场，还有综合楼、大厦、酒店等，对此采用商铺招租，通过包租和自主经营不同形式搞活经济。还有自主经营的三栋数码工业区。这样一来，不仅搞活了经济，解决了就业，更为重要的是让老百姓看到了美好的生活愿景。

水北村拆迁之前的年收入仅为600余万元，到2010年就跃升到了2502万元，到2017年年末，已经达到了惊人的9000多万元，这个惊人的飞跃是让人振奋的，更让人高兴的是水北村的村民变股民了，2007年水北村完成了股份制改革，从原来的按"人头"分红，到按股份分红，2010年就达到了每股400元。水北村的股份资格也十分特别，他们的股份与敬老挂钩，村中老人享受10股的最高待遇，让辛苦了一辈子的老人老来无忧，用句现代流行的俗话说，那真的是"坐以待币"。而这种孝老敬老又深深地影响着下一代。

水北村人圆满地完成了搬迁，集体住进了江北8号花园小区。在乔迁新居时，很多人家都贴上了意味深长的大喜对联：万家团圆谢党恩，普天同庆喜乔迁；横批是：美化惠州。这个典型的城中村拆迁的安置小区，完全按城市园林社区布局，道路宽敞洁净，花径闲庭，花草茂盛，树木葳蕤。一簇簇的勒杜鹃、大叶紫薇、宫粉紫荆姹紫嫣红地随处散落，每到春末夏初，杜鹃花更是开得格外灿烂。满天斑驳的绿，一地静谧的香，花摇影动之间，湖光水色，皆有远意。为了让村民能安居乐业，小区内实现了智能视频监控，有健全完善的社区治安防范保障机制。小区内还设有幼儿园、小学，还有老人活动中心、棋牌室、图书室、健身室。在小区的南面，还有一个绿化面积约6.2万平方米的北湖公园。

水北村，这个以水为伴，有水一样的温柔包容，有水一样的坚韧执著，有水一样的澄明豁达的村庄，在惠州城市化的进程中，一个华丽的转身，将美好定格在大时代的背景之中。

# 第四章　留住老城的根与魂

习近平总书记曾指出："中华文化延续着我们国家和民族的精神血脉，既需要薪火相传、代代守护，也需要与时俱进、推陈出新。"发展，是最好的传承；传承，才是最好的发展。保护好每一处文物，正是时代大背景下惠州人守护民族血脉的范例和良苦用心。2017 年，惠州市惠城区的拆迁项目中，涉及 158 处文物保护单位。所幸的是，惠城区政府的拆迁理念非常明确：拆迁是为了求新和发展，但必须是在延续和传承这座城市优秀文化的基础上寻求新的发展。正是持守这样一个发展理念，在整个拆迁过程中没有一处文物被损毁，有的还在拆迁中得到修葺和重建。它如同惠州历史的一面镜子，从中可看见惠州的昨天和它丰美的历史容颜。桥东古城九街十八巷的完好保留，宾兴馆、东坡祠的修葺和重建，就是拆迁过程中的典型范例。

## 一、东坡祠重现白鹤峰

随着惠州城市建设的脚步日益加快，老旧的古建筑也面临着严峻的考验。面对这一形势，惠城区委、区政府加大了对文物保护的力度，这与城区政府决策者秉持的城市发展健康理念密不可分。在拆迁过程中，他们能尊重历史，尊重文化，有大局意识，认为一座城市的发展是继承和发展的辩证关系，拆的目的是为了创新发展，绝不能与传承割裂开来。在传承与保护的基础上延续发展的理念，始终贯穿在惠城区的拆迁实际工作中。东坡祠的重建即是这一理念在现实中上演的精彩节目之一。

2018 年 2 月 13 日清晨，初步建成的东坡祠核心区，合着即将到来的春节喜庆的脚步，隆重对外开放。当市民们来到门前的小广场上，望着晨风中一串串鲜红夺目的红灯笼，顿时感到浓厚的节日气氛。闻讯从四方赶来的市民喜气洋洋，其中不少是携老扶幼的全家人。这天，还有来自全国各地的百名书法家的 100 多幅作品同期展出。

东坡祠原为北宋大文豪苏东坡故居的遗址，迄今已有 900 多年的历史。苏东坡故居位于惠州市城区桥东白鹤峰，是苏东坡生平唯一在被贬之地自己出资购地并设计营建的一处私人住宅，是一处弥足珍贵的历史遗址。据史料记载，北宋绍圣三年（1096 年），谪居惠州的苏东坡在白鹤峰上"购地数亩，筑屋二十间。绍圣四年（1097 年）二月十四日新居落成"。从记载中得知，这天苏东坡与三子苏过携同前来探亲的长子苏迈、次子苏迨及十余名家眷正式迁入。其情其景充满喜庆和欢乐，因为这处新居是东坡计划养老送终的居所。遗憾的是，两个月后，农历四月十七日，苏东坡再次被贬往更加遥远的海南儋州。他只身携带幼子苏过，剩下长子苏迈及家人在此住了四年。苏东坡被贬海南后的第二年，其弟苏辙亦被贬至循州，苏辙将家眷也留在了白鹤峰。直到公元 1100 年朝廷大赦，他们才得以随同苏东坡一起北上返京。

苏东坡及其家人离开惠州后，惠州人民对他的爱戴和敬重丝毫不减。为了怀念这位为惠州人民做了很多好事的一代名人，人民将其故居改为祠堂，以作纪念。人民的爱戴和敬重是有原因的。
无论宦海几多沉浮，苏东坡始终"行歌野哭两堪悲，远火低星渐
向微"，悲天悯人、忧国忧民。他一生怀抱"天下兴亡匹夫有责"
的士大夫情怀，始终情系百姓。虽在朝廷屡遭排挤，但每到一地
却均有不少政绩。被贬谪到遥远的岭南惠州不久就及时察看民情，
为当地百姓做了许多实事。当他听闻西湖时有水患，老百姓深受
其苦时，便把皇帝赏赐的银两拿出来，捐助疏浚西湖，并在惠州
西湖入口处修了一条长堤——苏堤。这条与杭州西湖形似的苏堤，
像一条横穿湖心的绸带，把西湖一分为二，左边是丰湖，右边是
平湖，有效缓解了水患。他还用竹筒做管道，将清泉引入城内，
使全城百姓得饮甘泉。

　　当时，惠州城内有两座山，一座是飞鹅岭，一座是孤山。当
地百姓把飞鹅岭上的柴草打完后，就必须要涉水才能到达对面的
孤山上去打柴。若不走水路，绕行则需要半天时间……东坡与太
守詹范一起做起了时任广东提刑的程正辅表兄的工作，经多方筹
措，仍不足时，又捐出自己的犀带，修筑了东新桥、西新桥。一
堤两桥成为当地在西湖、西枝江等紧要区域的重要水利交通设施，
缓解了水患，极大地便捷了当地的交通。

　　苏东坡也深深爱上这片土地和淳朴热情的百姓。在惠州寓居
的两年七个月里，他写下诗词、杂文587篇（他一生共留下诗词
2700余首），数量仅次于其在黄州的750多篇。这在苏轼文学生
涯乃至中国文学史上，都占有重要地位，正如清代诗人江逢辰所
言："一自东坡谪南海，天下不敢小惠州。"

　　苏东坡被贬到惠州的两年多时间里，与当地百姓相处融洽，
情如一家，成就了惠州丰厚的历史文化底蕴，留下了许多千古传
颂的动人故事。

从此，东坡祠就成了历代官宦名流、文人墨客竞相瞻仰的历史名迹。任凭时光变迁、朝代更迭，来此凭吊的人却从未间断过，成为惠州最引以为豪的人文地标。更值得一提的是，在近千年的历史岁月中，历朝历代都对白鹤峰的东坡祠加以保护，先后经历过数十次的修葺与重建。然而不幸的是，抗战期间该祠却彻底毁于日寇的炮火之中，为惠州人民留下切肤之痛，切齿之恨。

近年来，社会各界许多有识之士对重修东坡祠的呼声日益高涨，也引起了国内诸多专家学者的高度关注。国学大师饶宗颐先生生前重修东坡祠的建言，引起了国家、省有关领导高度重视，并先后作了重要批示。2012 年 6 月 21 日，市政府十一届八次常务会议决定重修东坡祠。2018 年初建成东坡祠核心区，并于 2 月 13 日对外开放。大门楼上的额匾"惠州苏东坡祠"，是近百岁高龄的饶宗颐先生听闻惠州要复原东坡祠，于 2015 年初在香港欣然题写并赠送的。

东坡祠得以重建，得益于惠城区政府在拆迁过程中始终秉承尊重和保护本土历史文物的理念。这些不可移动的文物蕴涵着丰富的历史文化信息，是惠城区深厚历史文化内涵的重要载体，也是惠城区历史文化名城的重要支撑和宝贵财富。2012 年，文保单位——"惠城区文广新局"（现合并为"惠城区文化广电旅游体育局"）对惠城区 156 处（因区划调整，惠城辖区的文物点为 156 处）不可移动文物开展了拍摄录影工作，经后期编辑，制作成了光碟存档；编制出版了《惠城区第三次全国文物普查不可移动文物资料汇编》《惠州市惠城区不可移动文物名录》；开展了对惠城区第三次全国文物普查建档工作，将城区 156 处文物档案编目、成册。随着"惠城区文广新局"深入基层的宣传发动，广大群众的文物保护意识极大增强，有的还自觉地加入文保队伍。当群众的个体利益与此发生冲突时，都能自觉做出让步和牺牲，与保护文物古迹达成一致。

"惠城区文广新局"大量艰辛的文保工作，换来了惠城区在各类征地拆迁中，没有一处文物受到损毁，不仅如此，还为惠城区的有历史文化价值的文物及遗址的"修旧复旧"提供了有力的专业技术支持。

今天，当笔者沿着由东至西与水东街相连的惠新老街时，似有穿越历史之感。它是惠州古县城的主要街道，其中，有部分街道始建于南北朝，于明朝完善，当时的归善县县衙正设于此街中段北侧白鹤峰下，由此，位于县衙前的这条街就被当地的老百姓称为县前街。联想起这条从建立之初起一直到清末都是归善县的政治、经济和文化教育中心，也是商业繁华区，而它的北侧不远处即是为历代文人雅士、官宦名流瞻仰凭吊的东坡祠所在地时，顿时肃然起敬。一路走着仿佛是在追随东坡走过的足迹，寻着大文豪不灭的灵魂款款而至的。

"惠城区文广新局"巫局长说过这样一段话："在惠州历史文化名城的创新发展过程中，最令决策者欣慰的是，没有把本地的历史文脉拆断，没有让本土文化断代。历史文化名城养育了我们，我们能做到的，就是让这些历史文物古迹的每一段木头、每一块石头、每一个瓷器都依然能折射出时代的光彩，荡起文化的波澜……"

## 二、修葺一新的宾兴馆

在"惠城区文广新局"里设有一个特别的部门——文化遗产保护股，简称"文保股"。它专门负责物质文化遗产和非物质文化遗产的各项保护工作。"惠城区文广新局"在区委、区政府的支持指导下，不断加强对文物的巡查，先后发现并制止了数起文物违法事件。

"旧的不去，新的不来"，以历史悠久著称的中国，对"新"的迷恋真是于今为甚。在城市改造中，"破旧立新""不破不立"得到广泛呼应与奉行。许多地方由于急功近利作祟、经济利益驱使等人为因素，实施过度的商业化运作，采取大拆大建的开发方式，致使大批有着丰富的历史信息的街区被夷为平地，一座座具有地域文化特色的传统民居被无情摧毁，一处处文物保护单位被拆迁或破坏。文物是不可再生的文化资源。保护历史文物与拆迁如何兼顾，是一个不小的难题。有些地方，要么开发商主导，商业化浓重，"古文化"消失；要么居民主导，建设无序，杂乱无章。如何兼容并蓄，扬长避短，在延续和传承城市久远文化这一点上求新发展？惠城区有独到之处。

惠城区内有一条始建于北宋元丰年间（1078—1085 年）的古老街道，叫水东街。水东街清末民初曾是惠州的商业旺地。临街的骑楼构造极为讲究，绝大部分是一楼一顶，各式的西洋屋顶壁面后，是传统中式"金"字形瓦顶。有的骑楼高达 3 层，长达40～50 米，华丽雍容，气势不凡。抗战初期，日军侵袭惠州，一把火烧掉了大半条街及 200 余间骑楼店铺。1941 年水东街又一次遭日军破坏。从那以后，这条老街就元气大伤，不如以往了。抗日战争胜利后，惠州交通迅速恢复，电讯畅通，各商号相继复业，侨汇源源而来，洋货大量涌入，江面上往来于惠州与香港、澳门、广州之间的船只秩序井然，将当地的大米、土产运往英国、美国等地，又将西洋各国生产的印花布、洋火、洋钉、钟表、煤油运进来。货物在东新桥下的码头交易，再由搬运工搬运到骑楼的货栈。东新桥码头边，金铺、布行、当铺林立；小茶室、粥粉店、云吞店繁多，通宵达旦营业；批发粮油店、绸缎布匹店、私人诊所、教堂、影相馆齐备，烟馆、赌馆相继兴起；骑楼鳞次栉比，货物琳琅满目，让人目不暇接。水东街上一派繁忙。谈生意的商人和沿街叫卖的商贩到处都是，好一派繁华兴盛的景象。

在 2012 年惠州市水东街计划进行拆迁改造中，按规划设计部门提出的计划书，水东街改造后将保持基本的建筑风貌，在改造过程中将对典型且质量较好的建筑元素加以保留，对影响传统风貌较大的建筑进行拆除。然而，因施工单位和相关部门缺乏文物保护的专业指导，将具有惠州历史印记的瑞城楼（惠州市文保单位）和下塘街何氏祖居给拆了，成为老城改造过程中的切肤之痛，引起了惠城区政府的高度重视和反思。

位于惠城区桥西金带街的宾兴馆就是一处宝贵的文物建筑。宾兴馆始建于清道光八年（1828 年），坐北朝南，为三堂四横屋封闭式的四合院布局，占地面积约 1400 平方米，整座建筑结构严谨，以青水墙砌筑为主，屋面铺设灰瓦并用绿色琉璃瓦滴水，正面大门及墙身主要以花岗岩石砌筑，正脊和垂脊饰以博古纹、夔纹等纹饰，显得庄重古朴。建筑平面呈长方形，正面开三门，分三路建筑，中间为主体建筑，有前厅、中堂及上厅。宾兴馆是清代惠州各乡绅士为资助本地生员参加乡试、会试而建的试馆，是一座省级文物保护单位，也是广东省内目前仅存的一处古代科考建筑，是中国乡土建筑中最能反映古代科举制度的古建筑之一。宾兴馆也被后人称作是明清时期惠州民间捐资助学风气的一面镜子。

抗日战争时期，宾兴馆遭日机轰炸，中路第三进被炸毁。1949 年后，该建筑被辟为环卫工人宿舍。进入 20 世纪 90 年代末期，临近惠州西湖的宾兴馆周边地段成为惠州市最繁华的地方，丽日集团等大公司纷纷进驻，丽日商场、丽日花园、银湖大厦等新型建筑如同雨后春笋般建成。随着莞（东莞）惠（惠州）城际轨道的开通和西湖站的设立运营，宾兴馆附近地段变得更加炙手可热，寸土寸金。周边的旧建筑物和普通民居都陆陆续续地拆迁掉了，年久失修，历经近 200 年风雨的宾兴馆在气势巍峨的现代化建筑面前，显得灰头土脸，孑然而立。

在 20 世纪 90 年代末的经济大发展的浪潮中，各地方对文物保护还不十分重视，有关领导为宾兴馆是拆是留曾有过一番激烈的争论。只是近年来绿色发展被提到议事日程上，无论是政府还是民间，维修抢救宾兴馆的呼声不断。不能让瑞城楼的悲剧再现！政府相关部门为此专门召开了文化工作专题调研会。宾兴馆的修缮工作也随着相关职能部门完成征地、规划、施工方案等工作而推进，于 2017 年 6 月正式动工，成为惠州市 2017 年"十件民生实事"的重点建设项目之一。

从相关部门的材料显示，宾兴馆抢救修缮项目占地约 3839 平方米，建筑面积约 1178 平方米，总投资约 1.2 亿元。抢救修缮项目主要分为两大部分，一是对宾兴馆本体建筑进行保护性修缮，另一部分是对周边严重影响历史风貌的建筑进行整治。项目内容包括宾兴馆建筑本体的保护修缮和配套设施的建设，保护修缮将维持宾兴馆原有的三堂四横屋四合院传统格局，遵循"修旧如旧"原则，加强与周边历史遗存的联系，恢复原有历史街巷格局。此外，还将与宾兴馆不协调的周边民房进行"穿衣戴帽"的立面整治，使之风格面貌保持一致。作为"古代科举制度博物馆"，宾兴馆将成为惠州的文化地标之一。

2017 年年底，宾兴馆经过几个月的修缮，已经逐渐恢复了它的真实容貌。笔者在修缮现场看到两块字迹清晰可辨的石碑，分别为《宾兴馆碑记》和《宾兴馆条约》。石碑上记载着宾兴馆的由来以及资助学子的各种规定。可以说，这两块石碑为后人解读宾兴馆的由来和用途，以及其管理制度、营运模式等提供了可靠的文字资料，非常难得！对了解清代科举以及惠州乃至岭南的历史都十分有益，堪称镇馆之宝。

"如今的宾兴馆，看着就开心啊！"在金带南街居住了一辈子的李婆婆由衷地感叹道。类似像宾兴馆这样带着深深城市印记、彰显文化底蕴的老建筑，越来越多地重回到了百姓身边。

一个民族是有灵魂的，一座城市也是有灵魂的。对于文物保护和"拆旧修旧"，"惠城区文广新局"巫局长有一番独特的见解："古建筑是一座城市的灵魂，它不仅承载着一代代在这里生活的人的记忆，更是构建城市独特人文风格的'基因'。而失去文化历史记忆的城市，就会是失血的城市，生活于其中的市民，终将失魂、落魄、苍白、浮躁且缺乏自信与发展的底气。保护好古建筑，有利于保存城市传统风貌和个性；毁掉古建筑，就算建设再多新奇特的建筑，城市也会逐渐失去个性……保护好老建筑，就是保存历史，保存城市的文脉，留住老城的记忆。"

说得真好。文化就像一道连绵不断的山脉，是一个民族经过几代、几十代的生生不息传承而来的，断裂了，就像人的血脉断掉一样，文化会枯萎，会消亡。

# 第五章 速写：一群不忘初心的
# 共产党员

## 一、首创集体签约的奇迹

到小金口街道办采访之前，一直在琢磨一个问题：小金口为何能在征拆工作中脱颖而出？创造出骄人的小金口速度？采访了八九个征拆工作组的年轻人后，几个重点渐渐清晰了起来：这支队伍的领军人物舒文俊；有一批年轻、朝气蓬勃的模范共产党员；一支分工明确、各司其长、敢于吃苦、心系百姓的征拆工作队伍。

5月26日上午，小金口街道在金泉路和白石路道路施工项目部举行了土地征收集中签约仪式。这个喜庆的初夏早晨天空格外晴朗，征拆工作组的成员们个个如沐春风。当天到场的领导有市公共事业局局长、区委组织部部长、办事处主任等，仪式由小金口街道党工委书记主持。现场有五六十个村民，加上前来签约的领导和小金两个征拆组全体工作人员，加上项目施工方人员共几百人，那场面完全可以用"壮观"两个字来形容。一组副组长崔春风向笔者描述当时的场景时，仍抑制不住内心的喜悦，他自豪地说："这么多村同时签约的情况，在我们惠城区应该还是头一回。金泉路与白石路项目征地面积涉及金鸡村委会和白石村委会12个村民小组，那天的签约仪式上，12个村小组一次性集体签约，当时心里不知有多高兴！"从他的喜悦中不难感受到基层征拆工作人员的成就感。他们仅用了半个月时间就完成了金泉路和白石路道路工程项目的全部土地征收工作，但谁又知在这突出成绩的背后，他们又付出了多少汗水和努力啊。

惠城区拆迁督导组组长程前在当天签约仪式上讲了一段对小金工作评价很高的话："金泉路和白石路道路改造工程，是市、区、街道经济社会发展的一项重要市政工程，而项目的土地协议集中签约，是惠城区征拆工作的一个创举，我们对小金口街道的征拆工作非常满意！"

奇迹的背后往往是巨大的付出。征拆一组组长解冬来说："每个项目从发布公告开始，在一个月内我们各个小组（一组5人）就开始分头找村委，先从发动村干部入手，第一时间争取他们的支持。接下来，是对每个村涉及的拆迁户全面情况进行摸底，哪些是有影响的人？其中多少人在外面工作？包括他们的亲戚同学朋友。因为被拆迁户首先信任自己人。"他们的摸底排查工作做得如此之细，令人叹服，这无异于战前的火力侦察，知己知彼方能百战百胜。这也是他们在征地拆迁工作中的必修课，特别注重充分利用现有亲情、友情、同学情，调动威望较高的村组长、有影响力的村民、亲戚朋友等，利用"人情熟、地形熟、情况清、懂民俗"的优势，耐心细致地做好被拆迁户的思想工作。晓之以理，动之以情，明之以法，以情为纽带，用诚心获得群众的理解、支持和配合，为征地拆迁营造了良好的环境。

在一旁的一组副组长崔春风急忙插话补充说："我们在每个项目公告之日起，从主要领导到一般工作人员，每个人都要对这一项目征拆工作的细节了如指掌。我们之前都参加过培训，不清楚的就继续学习《征拆工作手册》。"

资料组副组长刘历建对此感受很深。这个 80 后小伙子个子不高，一副学生模样，可一开口伶牙俐齿、头脑灵活，谈起单位的工作头头是道。他介绍说，他负责征拆中心的文件撰写，即负责请示、汇报、函等上传下达的各类公文和领导会议记录。笔者从一摞资料中随手翻看了一两本，都是电脑打印的表格和数据等，表格规范，装订整齐。当问及小金口征拆工作为何如此出色？取胜的主要因素是什么？他不假思索地脱口而出："合理科学分工、各司其职。"

这支 30 多人的队伍被分成签约谈判组、协调小组、资料小组。签约谈判组的要求是：能征善战，能说会道，能屈能伸；协调小组的要求是：外圆内方，处事稳当；资料小组的要求是：经得住风雨，耐得住寂寞，做征拆工作的幕后英雄，随时与签约谈判组保持良好的沟通。全体人员从此有了充分施展各自才华的舞台，加之分工明确，这支年轻的队伍变得生龙活虎，很有战斗力。这也成为小金口的成功经验之一。

## 二、朝气蓬勃的"老行尊"

到小金口采访预约几次才约到。感谢这天午后的一场强降雨，让笔者有机会接触到一帮长年战斗在征拆一线的年轻党员。

小金口镇两个副主任、7 个正副组长，除一个是 70 后外，其余清一色全是 80 后。更令人欣喜的是，他们全部都是共产党员。这支年轻的共产党员队伍，充满了朝气和希望，就是他们，创出了惠城区征地拆迁的小金口速度，创出了 12 个村同时签约的喜人佳绩，创出了 2016 年"征地拆迁攻坚年"两个第一的卓越成绩。

其实，这得益于小金口征拆中心始终将阳光征拆贯穿在整个工作全过程，彻底消除了村民普遍存在的怕征地拆迁补偿吃亏的心理。征拆小组首先把项目征地（清场）公告、征地范围红线图复印件、安置补偿方案、方法等材料在街道、各村委会、村小组公布栏张贴公示，并召开动员大会、村民座谈会，上门入户走访宣传，充分尊重被拆迁户的知情权，使他们了解拆迁政策、理解拆迁意义、自觉支持并配合拆迁工作。

对于征地过程中遇到的一些补偿问题，严格按照补偿方案标准，不乱开口子，确保物量核定"按尺量"，补偿标准"按方案"，房屋价值"按评估"，实事求是，依法运作。特别是在补偿数量、安置面积等方面，均按实物量调查勘测确定数据，以事实为依据，维护了政策执行的严肃性。

小金口征拆组的工作人员针对征地拆迁评估标准内容繁多，砖混、砖木、泥房等各种结构的被拆房屋以及附属物的补偿标准都不一样，其面积丈量方法也有讲究。针对拆迁户的疑惑，他们在上门洽谈时，随身携带由第三方专业评估公司对拆迁房屋实施估价而出具的《评估报告》，让拆迁户详细了解所属房屋所评估的补偿价格的由来，打消拆迁户心中的种种疑惑。

这帮年轻人或许是长期跟村民打交道的原因，个个开朗健谈。当被资料组副组长小刘从会场分别叫出来接受采访时，没有丝毫拘谨或陌生感，畅所欲言。别看他们年轻，都有一套从事基层拆迁工作的丰富经验，有的从 2012 年就开始从事征拆工作，年纪轻轻的就已是"业内老行尊"了。

随着惠州城市的发展，近些年小金口成为发展热点，是开发的黄金地区。小金口未来会成为惠州市的交通枢纽汇集处。火车站、轻轨、广惠高速入口等城市主干道皆在小金口交会，马上动工的赣深铁路也在小金口设置了站点。从征拆中心会议室墙上挂着的那张航拍图上得知，2018 年他们就有 20 多个项目，其中征地拆迁办就有 21 个项目。每个项目都涉及在这里生活的群众。征拆项目是一批接着一批先后在这里上马，小金口征拆中心的 30 多个工作人员从此再没有片刻的清闲，他们没有双休日，甚至没有白天和黑天，从周一到周日连轴转已是征拆工作的常态。虽说是苦辣酸甜五味俱全，可没有一个叫苦喊累，他们早已习以为常，并且充满乐观主义精神。

征拆一组组长谢东球回忆 2013—2014 年的莞惠城轨项目时说："那时我们与施工单位在老狮头岭合署办公，中午大家都不回家。"他指着办公室角落几张灰色的折叠椅说："累了我们就在那上面休息会儿。因工期紧，当时我们分了 11 个组，3 个人一组。每天走村到户做工作，常常要到凌晨三四点钟才能回家。"另一年轻干部李隽在一旁插话说："那段时间我们天天如此，大家都一样，谁也没喊过累叫过苦，一心就想着项目赶快签约，别误了这项民生工程的开工。"

征拆二组组长刘圆浩是个阳光、健谈的 80 后。他从 2013 年开始干这项工作。他说"每一个项目自发公告开始，我们就忙开了。很少有完整的双休日，忙时一周连轴转 7 天；晚上几乎都要忙到八九点钟。因为要等权利人傍晚下班回来才能上门，白天加晚上都在工作之中。因为我们要走村串户，摸清每一个被拆迁户的详细资料，户口、家庭成员、电话号码，登记每栋房屋的详细信息和资料。每天不分白天晚上，都沉在走村入户的各项具体工作之中。"

后来从他们领导口中获知，这个看上去健壮、豁达的年轻人，就是拼命三郎中的一个。别看刘圆浩年纪轻，他还是一个能体贴和理解同事的组长。他向笔者说起他们组一个姓廖的同事："他老婆在淡水做生意，还有两个孩子，所有家务和孩子全部由老婆一人操劳。孩子生病上学啥的他都帮不上忙。虽感觉愧对家庭，但身不由己，也从没耽误过工作。有时我会自己多做点工作，让他能抽身多回家看看。"

正是有了这些年轻的共产党人超时工作和无私付出，才换来各个项目的顺利进展，换来惠州城市的飞速发展。正如征拆5组组长叶细青所言："看到小金口面貌的巨大变化，每个项目都有我们的参与，还是很开心，很有成就感的。未来小金口将成为惠州的交通枢纽，火车、高速、轻轨、高铁都在这里汇集，那时的小金口将会更漂亮！想到这一切都有我们的心血和付出还是很欣慰的！"

## 三、守住底线，阳光拆迁

莞惠城际轨道又称莞惠轻轨，连接东莞和惠州两座城市。它的修建惠及沿途百姓，可就是这样一个惠民工程，在征拆时还是出现过强制拆迁。

强制拆迁是所有征拆工作者不愿意看到也不愿做的，可有时又不得不做。为了项目的进度和发展，对于违法、违规以及提出不合理要求的难通户建筑，必须强制拆迁，他们管这种拆除叫清场。遇到清场，征拆工作者们也是冒着随时有可能发生危险进场的。

刘圆浩讲述了强制拆除8栋楼房的那一幕。那是莞惠轻轨项目，老狮头岭有8户外来人员拆迁户，他们签约并拿了补偿款后，却又变卦反悔，就是不搬。征拆组重又做工作，并下发通知书，限 15 天之内迁走。可这 8 户人家仍拒绝搬迁，他们决定依法进行强制拆除。

那天一早他们协同城建、消防、医院、治安队来到现场，其中一户夫妻紧锁铁门，在窗台上摆满了砖头，时不时有砖头从上面飞下。还有一户人家，家中有一个 70 多岁患有心脏病的老人，如果看到强拆场面怕出现意外。这时两个穿白大褂的医护人员从救护车上下来，在老人亲属的陪同下顺利进了家门，先是给老人量血压，又巧妙地安抚老人，最后两个老人在医护人员和家人的簇拥下走出家门，上了停在家门口的一部私家车上。车子前脚开走，搬家公司的车迅速开到屋前，工人们三下五除二就将老人家的全部家当顺利装车，向着老人已买好的新房子奔驰而去。这是拆迁小组事先已与老人的亲属及其孩子们做好了工作设的局，拆迁顺利完成。

正因为阳光透明，公平、公正、公开，所以城区至今在依法强拆中没发生过一起恶性事件。

## 四、人心都是肉长的

在对征拆组七八个年轻人的采访中，问起他们工作中最困难的是什么时？出乎意料竟没有一个提起长期的超时超负荷工作，都认为是在百姓房屋拆迁和安置过程中的内心所经历的考量最难。"征拆是我们工作的本分，老百姓房屋征拆后，安置房尚无踪影，也会为他们担忧。"的确，人心都是肉长的，他们在长期与老百姓打交道的过程中，大多学会了换位思考，能站在百姓的立场上想问题，为百姓争取政策允许的可以争取到的合法利益，所以才容易与老百姓沟通，赢得他们的理解，换来和谐征拆的良好局面。

副主任苏青回忆过往的经历时说："每项工作在开始之初，还未得到百姓的理解时，挨骂是常事，谁没被骂过？这对我们来说根本不算什么事，我们不仅不能还口，还要赔笑脸，耐心解释，经常还得自掏腰包买水果上门去做工作，有时还要陪吃陪喝呢。"

刘圆浩谈起2012年一个涉及污水管理项目时说："我们曾与村民进行了两个多月的艰难谈判，每天谈到十一二点，最晚的时间到凌晨三点多钟。有一户拆迁户兄弟俩同住一栋小二层楼里，拆迁后按规定赔了50万元，要知50万元连一套房子也买不到，让兄弟两家人怎么住呢？我们虽然理解他们的难处，但仍要耐心做工作。"

"心底无私天地宽。"后来哥俩还成了征拆小组的好朋友。哥哥还经常约刘圆浩及其同事到他家里喝茶。

拆迁工作的另一难题是被征拆者的安置问题。刘圆浩忆起2012年莞惠轻轨工程项目："当时有15户住宅是百姓的唯一住房，而那100套的安置房要到2016年才交房。这期间他们需要租房住，只能从安置过渡期政策着手，给他们每月12元一平方米的过渡安置费用。同时还为他们争取到安置房若隔年无法交付，补助租金的翻倍奖励，每平方米24元。"但操作起来很难。农民是靠种地生存的，孩子也要上学，租房需要两头兼顾。他讲了一个典型事例："一户原住在英头村的搬迁户迁到金宝山庄附近住，两地相距3公里远，我们为此专门跑教育局帮他孩子解决了就近上学的问题。"的确，政府的安置房虽好，可对有些农民而言却很不方便，因安置房离他们的田地太远，他们每天要多次往返赖以生存的田地，总不能下次地如同赶趟集一样吧？还有的顾得上孩子上学却顾不上种地，两头为难。所以一些人不愿意选安置房。面对种种特殊情况，拆迁人员既要依法为他们尽可能地多争取利益，帮征拆户的孩子联系新学校，又要负责留用地的置换。遇到特困户时，如单亲、残疾等情况，还要为其提供家庭困难详细报告书，想方设法为他们争取一些合乎情理的资金支持。对一户一宅无法住安置房，但符合建房条件的征拆户，还要帮他们在符合规定的地块建房。由此而知，征拆工作者若没有一颗为民排忧解难的心，要想做好这项工作是断断不可能的。

征拆难还难在赔偿金上。赔偿价格种类较多，涉及楼面的赔偿较难。五组组长杜光英讲起了客运中心征拆中的所见所闻：2014年这个项目涉及一些外地经商者建的商铺房。商铺房的评估价很难，证件齐全的一个平方米赔两万多元，无证的赔1.6万到1.8万。政策要求这个片区按惠州大道征拆标准的6～7折赔偿。停业停产损失一平方米25元，赔6个月。拆迁户开始都不同意，因他们所在地有两条公路穿过（老广汕路和一条村道），交通便利，人流量大，很适合做生意，结果赔偿反而在惠州大道的标准上打三到四折。大家一时都想不通，拒绝搬迁。拆迁人员先从发动村干部入手，反复宣讲政策，与他们统一思想，最后由村干部牵头配合，并挨家挨户帮助一起做工作，最后达成共识。

留用地的补偿和置换也是征拆工作的另一大难题。小金口征拆中心副主任李智成可谓是这项工作的年轻专家。从他那里得知，政府征收农村的集体土地要返拨10%的留用地，用于没有固定经济收入的农民发展经济。如今城市的土地越来越少，铁路、道路、桥梁等线形工程需要大量征地，如赣深铁路工程要征1800多亩土地，而留用地的置换在一定程度上存在很多困难，难度相当大。负责这个项目的征拆小组2018年1月起就不断地打报告，先同住建、规划和国土部门协调，再报给区政府。到4月份召开了几次协调会才拿出会议纪要和可行性方案，在留用地尚未返拨下来，因工作到位，取得了村委信任，至今已交给政府 1000 亩土地。

李智成这个毕业于广州大学工民建专业的 80 后小伙子，是个非常有思想的年轻人，被大家公认为是协调高手。他是征拆中心的常务副主任，主要负责留用地这块。他在客运站工程留用地的寻找过程中令人十分感动。当时他找到了惠州北站，把该部门 1993 年以后的旧资料全部翻出来，有的纸张已经泛黄，很多都是手写的。一摞摞的资料充满了刺鼻的霉味，他像个考古工作者一样，一张张仔细翻阅，从中寻找它们的历史渊源和来龙去脉，眼睛看久了，被霉菌刺得生痛，可仍不罢休，经过几天艰难的查阅和比对，终于理清了这些地的来由和归属。他在这次艰难的查询中也有不小的收获："很有成就感！常想若有时间把它们写出来该多好啊！这可都是我们小金口宝贵的历史资料啊。"

小金口那么大面积，他怎么知道哪些地可以用，哪些地不能用呢？这个非常自信的年轻人说："整个小金口多少面积？辖区内每个地块的规划情况我都一清二楚。我 2009 年就入职小金口政府，在规划办工作，一直都在负责规划这块的业务。现在还兼着小金口街道办规划办的主任职务呢。"

李智成忧国忧民、深思熟虑的个性，与他的年龄和经历似乎不太契合。他总会思考被征地后农民将来如何生存和发展，征拆后是否会降低现有的生活标准。客运中心刚落成不久的惠州市第 39 小学，就是他四处奔波、辛苦协调、让留用地问题得以落实的实证。他坦言学校的落成让他有了满满的成就感：培养拆迁户后代的长久福利，获益无穷！

李智成的做法看起来似乎与征拆工作关系不大，实则恰恰是我们应该花大力气用心思去做的，因为我党工作的出发点和落脚点，一个是人民，另一个，还是人民。

## 五、自嘲"命苦"的大忙人

在征拆中心终于见到了约了四次才见到的舒文俊。

舒文俊是小金口街道办事处负责党群工作的副书记、工会主席，兼任小金口征拆中心主任，还是政协委员。从这么多头衔就可看出，这是个超级大忙人！性格开朗豪爽的他一见面就大大咧咧地说："我真没什么值得采访的！我就是一个服务员，你问问他们，一有解决不了的事我必须随叫随到。"还用手指指刚散会走出会议室的几个组长。

作为分管领导他放下架子、始终与征拆队员打成一片，带领大家工作在一线，冲锋在一线。

市客运中心站建设项目，曾因 18 户门店权利人互相捆绑漫天要价，致使项目历经两年都无法推进。那 18 个承租户的商铺和房屋是 90 年代建在储备地上的，属国家已经补偿过的储备用地，不符合再次补偿范畴。舒副书记接手后一方面继续上门入户做耐心细致的动员工作，一方面启动法律程序做强拆准备。

在对部分建筑物依法强拆的那天早上，街道党工委书记关切地问他要不要多派几个人过去，舒文俊果断说："不用！我一个人带队就行了！"一股舍我其谁的凛然之气。于是，他带领征拆办和执法队的 20 多人，只用了一个多小时就把走完法律程序的 5 间650 平方米门店拆除，并在当天促成下一步强拆的 6 间商铺及 5 处房屋成功签约。

70 后的舒文俊，是土生土长的小金口人，在小金口从小学读到高中毕业，考上法律大专。1993 年毕业后又回到小金口街道办工作。他用了不到 20 年的努力就走上镇领导的岗位，可谓仕途平坦。但回看他一路走来的路，却是满途荆棘，非常不易。他老是自嘲："我命苦啊！"

他从司法所到民政办，之后就到了当时人们最不愿意去的计生办。那会儿老百姓把计生办称作"让人断子绝孙的缺德办"。尤其在本乡本土抓计生工作，难度可想而知。可他迎难而上，无所畏惧。想起那段日子他万般感慨："没日没夜的，一天晚上回家洗澡，竟累得躺在浴缸里睡着了……"

他把小金口的计划生育工作做得有声有色，连续六年计生办获惠城区计划生育先进单位。2007 年，他升任到了镇委领导的工作岗位，分工却是纪委委员，又是个得罪人的差事。难怪他说"命苦"，从他工作过的部门看，从来就没有一个清闲的职位，而且都跟得罪人沾边。2016 年 7 月镇街换届中，他由纪工委书记改任党工委副书记，分管党群工作。"时间一晃快 20 年了，这回我以为终于可以轻松一点了。想不到组织上又让我这个党群口的副书记分管征地拆迁工作，任征地拆迁中心主任。"

对征拆工作一窍不通的舒文俊，从零开始，从头学起。"我原来从没有接触过征拆业务，而且我们街道的征拆工作在全区任务最重，对于我这个新兵来说，无疑是压力山大，但一想到街道领导信任我、同事们支持我，就只能硬着头皮上，扎下去干出来。征地拆迁工作政策性很强，程序十分严谨，从隔行如隔山的纪检部门转型转行，唯有从学习政策做起，从了解程序开始，自己逼自己入门。于是，我认真地系统地学习了《惠州市惠城区征收拆迁工作业务指南》及相关政策法规，把征地拆迁的所有程序和补偿办法做好笔记，不知就学，不懂就问，把政策、业务熟悉于脑、牢记于心，真正做到不当门外汉，外行变内行。"

舒文俊把小金口工作取得不凡成绩归结为"群众认同和信任"，它是任何一项工作取胜的根本和基础。

他在新岗位上很快悟出："征地拆迁工作就是与基层打交道，与群众打交道，而做好群众工作的桥梁与纽带就是村组干部，而且征地要靠村组干部去宣传发动，房屋征收要靠村组干部去带动。因此，我十分用心地与村组干部打成一片，以增进了解加深感情，让他们觉得我可信可交，先把工作关系转化为朋友关系，再把朋友关系转化为工作关系。如此一来，深得群众信赖，工作顺利推进。"

220千伏变电站项目就非常有说服力。这个项目位于小金口乌石与江北新寮村交界处，面积有20多亩，涉及200多座坟墓。虽说项目面积不大，但涉及的坟墓很多，可想而知拆迁难度非同一般。长期以来，在老百姓心中，祖坟是神圣不可侵犯的，动祖坟如同触犯神灵，被视为大不敬。而舒文俊带领他的团队，靠耐心细致地做群众工作，发动村组干部带头，仅仅用了40天时间，就完成了所有坟墓的签约工作，并实施了异地安置等措施，顺利清场交地，体现了小金口速度。

他长期生活、工作在小金口这片土地，有一定的群众基础和威望。他说："群众配合了我们的工作，投桃报李我们也不能亏欠群众，责任重大啊！"他心系百姓的做法影响了整个拆迁团队，大家都能换位思考，从老百姓利益出发，在做拆迁群众工作方面积累了一套经验。他从这几年的工作实践中理解到领导当初为何让他负责征拆工作的良苦用心。

小金口征拆工作成绩突出还有赖于党员、领导的率先垂范。"三个一线"是这几年舒文俊始终坚持的原则，即调度在一线，推进在一线，走访在一线。每一个项目，只要碰到难题和障碍，他必会亲自到现场进行协调；项目施工现场发生纠纷时，他必是第一时间赶到现场协调村组干部、村民，确保无障碍施工；他要求每个征拆小组安排专人与村组干部挂钩联系，参与和服务拆迁。如他所说："我就像个灭火器，哪里有隐患就及时赶到哪里。"

他几乎天天沉浸在工作中，每周六召开一次例会，每月开一次月例会，还要召开邀请相关部门参加的协调会，及时了解各项工作的进展和困难，像老中医问诊一般，望闻问切，一个都不能少，才能药到病除，消除各种疑难杂症。

采访结束，见他车的后座上有好几顶草帽，一项已完全变了形，原来这些都是他走村串户，到每个项目现场时用的。是的，只有作风务实，身先士卒，才能带出一支能打硬仗的队伍。

2016 年小金口街道实施的征拆项目有 35 宗，大部分班子成员都有负责或联系项目，班子及其部门之间需要协调，而项目本身更需要市区相关部门的支持帮助。因此，舒文俊从接手开始，始终把统筹协调作为工作主项，除了跑现场、跑农户，就是跑市区相关部门汇报工作和协调问题，使得他们的征拆工作"忙而不乱、紧张有序、有效实施、顺利推进"。在惠城区政府相关部门，如今几乎没人不认识他。他像个不停旋转的陀螺，在人生的大舞台上不停旋转，转出一个个华丽的弧线，他成为干一行、爱一行、成一行的典型人物。

## 六、　坎五年才啃下来的"硬骨头"

80 后的彭振宇，2006 年 1 月开始到三栋镇工作，先后任三栋司法所副所长、镇团委书记，2015 年 2 月任三栋镇副镇长，分管国土、规划建设等工作。

地处惠州市惠城区南郊的三栋镇，是中国农工民主党创始人邓演达先生的故乡。三栋镇是珠江三角洲经济开发区重点工业卫星镇，镇政府制定了城市化、工业化、现代化的发展方针确定了走"工业立镇"的发展道路。镇内已建成四个工业园区，占地200多万平方米，有港台和内资企业超100家，主要行业有化工、五金、电子、玻璃工艺、灯饰、塑胶、玩具、毛织、制衣等。近年来，三栋镇作为惠州南部新城建设的发展平台，承担了省市区各类重大项目的征拆任务，仅2016年就有29宗。在2016年的"攻坚年"活动中，三栋镇一举完成了21宗，涉及面积3073.8亩，完成项目数量位居全区第二。这个来之不易的成绩，既归功于惠城区委、区政府的正确领导，也得益于"攻坚年"活动督导组的有力指导，最重要的是有赖于三栋镇政府上下联动，同舟共济。

笔者为了解三栋镇的拆迁情况，曾多次约访彭振宇，但因他工作太忙一直无法抽出时间接受采访。2017年11月30日晚，笔者再次给他打电话时他还是没接，于是便给他发了一条信息：彭书记晚上好！我知道在基层工作的您白天公务特别多，想看看您晚上有没有空？我计划明天晚上跟您就有关三栋镇的拆迁工作做个采访，请问方便吗？

不久，彭振宇回了几个字：很抱歉，还在镇里开会。

笔者不由得看了一下手表，已经是晚上九点多了。大约到了晚上十点半，彭振宇的电话打回来了："哎呀，实在非常抱歉！刚才在开一个关于拆迁工作会议……我这几天实在没时间，这样吧，明天上午刚好在竹仔园村有一个大型的拆迁活动，我想请您到现场来，可以吗？"

第二天一早，笔者就按彭振宇提供的地址来到了三栋镇竹仔园村。还没有下车，就被现场的阵势吓了一跳：现场呼啦啦有两百多人，有穿着制服的公安民警、治安联防队员、城管执法队员、司法所人员，有穿白大褂的医生、护士，有挂着工作牌子的拆迁工作人员，还有围观看热闹的吃瓜村民。防暴车、救护车和大型挖掘机已布阵在现场……

相貌俊逸、气宇轩昂的彭振宇正在现场部署工作，见笔者来了，握手简单打过招呼后，马上让人拿来一个工作牌，挂在笔者的脖子上，严肃地说道："您现在就是我们拆迁工作的一员，一定要注意安全！在征拆过程中，留置原地的被征收人员有可能会因拒绝清场而做出一些过激行为和暴力对抗。"

闻言，笔者的心一下子提到了嗓子眼上，浑身不由自主地紧张起来。彭振宇递给笔者一份由三栋镇政府制定的拆迁清场方案，无限感慨地说道："这个项目自实施征收工作到今天已历经5年多了……"

笔者从方案上了解到，按照《惠州市人民政府关于南部新城项目以及市政配套道路用地项目以及市政配套道路用地项目征地的预公告》（惠府〔2012〕62号）文件，要依法征收这个竹仔园村456亩集体土地，作为南部新城建设项目以及市政配套道路用地。三栋镇政府经过认真评估、核定，对这个竹仔园村的456亩集体土地做出如下补偿：鱼塘155250元，房屋317556.35元，龙眼荔枝4227710元，杨桃3062490元，苗木评估搬迁171882元，总计补偿7934888.35元。

5年过去了，可为何还是迟迟征不下来呢？是因为这个被征拆项目的6位权利人承租了其中302亩集体土地，被征收人提出补偿其302亩承包地上附着物6876.98万元。因为利益的差距过大，始终无法达成协议。

"我们三栋镇政府早就对地上的青苗及附着物进行登记且已支付了相关的补偿费用，但在征收时却遇到了问题。"彭书记指着不远处的一片果林，无奈地说道，"就是这个果园的承包人狮子大开口，漫天讨要赔偿款，从而导致了拆迁工作一拖再拖，让国家和政府蒙受了不可估量的巨大损失。"

笔者从彭振宇手里还看到了一份 2017 年 10 月 23 日下发的《搬迁催告书》，现摘录如下：

搬迁催告书

被征收人：黄××、游××、郑××、叶××、郑××、吴××

你们位于惠州市惠城区三栋镇竹仔园村的鱼塘、青苗（龙眼、荔枝、杨桃），1 宗苗木搬迁（南洋楹、桂花、罗汉松），以及砖瓦房在南部新城建设项目和市政配套道路建设项目用地征地范围内，我单位工作人员已于 2017 年 3 月 16 日将补偿表送达给你，被征收的鱼塘、青苗（龙眼、荔枝、杨桃），1 宗苗木搬迁（南洋楹、桂花、罗汉松），以及砖瓦房的价值为 7934888.35 元。因你未按规定的时间在补偿款确认表上签名确认，征收部门已经将你的地上附着物补偿款提交到惠州市惠城公证处办理了公证提存。

请你们务必于 2017 年 10 月 26 日前向惠州市惠城公证处申领上述地上附着物的征收补偿款项，自行搬迁被征收的地上附着物，并与我单位办理被征收土地上青苗、房屋等附着物移交，期满前，我单位将进行拆除清场，逾期未搬迁的，将按有关法律法规和本项目补偿实施方案的相关规定处理。

特此通知。

惠城区三栋镇人民政府

2017 年 10 月 23 日

　　这块承租地的市政建设工期就这样一天天拖下去，一拖就是5 年多，惠城区政府和三栋镇领导都心急如焚。为了确保市政建设计划的顺利实施，不能再让个别人的不正当诉求遥遥无期地拖延下去！

　　三栋镇政府做出依法清场的决定。

　　为确保征拆过程安全，三栋镇负责拆迁的领导和工作人员连夜开会，对依法清场可能引起被征收人上访、起诉及制造社会舆论舆情，部分业主成员有可能情绪激动，留置原地拒绝清场，暴力对抗等后果行为进行了风险评估，成立了清场工作领导小组，并安排政策法规组、安全维稳组、辖区派出所、卫生院、治安联防队、公证处、司法所及村委会协同进场开展工作。

　　对方知道拆迁工作组要来强行清场，不甘示弱，早早就放出风声来："谁敢来强拆，我就搞死谁！"面对威胁，作为这次清场工作的领导彭振宇笑了："没关系，为了大多数群众的利益，豁出这条命我也要去拆！"

　　现场不断有人过来向彭振宇汇报情况。彭振宇已脱不出身来陪我说话，便把三栋镇党政办副主任潘高明叫过来，让他向我介绍这个拆迁项目的情况。为了安全起见，还特意交代了两名治安联防队员过来负责我的安全。

　　皮肤黑里透红、高高瘦瘦的潘高明副主任递给我一沓相关资料说道："这片果园的 6 位承租人里有两位是台商，一位是'中国民主建国会'的党派人士，身份都比较特殊，他们跟竹仔园村签订的租期是 50 年，现在已经承租了 20 多年……"

我们跟在两台轰隆隆前行的挖掘机后面来到了果园。果园边上还有座房子。这是一座非常简易的房子，属于那种易建易拆的临时建筑物。房子门前摆着一些盆栽，这些盆栽围成了一个小院子。门前，站着一个年届六旬的老汉和一个年纪相仿的妇人。老汉中等个儿，脸色黝黑，穿着一件灰不灰、黄不黄的短袖衣，下面的裤腿高高卷过膝盖，腿上布满大大小小的筋疙瘩。妇人也是中等身材，清瘦脸庞，也许是因为长年在地里干活风吹日晒的缘故，皮肤显得很粗糙。

只见那老汉手中拿着一把镰刀，冲着拆迁人员挥舞道："你们别乱来，谁来拆我就砍谁！"言毕，冷眼瞪着周围的拆迁人员。那妇人在一旁不停地打着电话，不知在跟谁说话，但估计一定是跟拆迁清场有关。

彭振宇让大家稍为往后退一点，细心观察了一会儿，脸上露出了自信的笑容。他低声对身边的潘高明说道："这里就两人，承包人一个都没在，而这两人都是这个果园承包人的亲戚，是平时帮忙打理园子的，看来主事的人今天都躲开了，还把园子里的两条狼狗都牵走了，看情形是他们有心妥协了。这位拿镰刀的老人家估计是虚张声势，做做样子罢了，我们也别为难他，让两名治安队员悄悄过去把那把镰刀夺下来。"笔者闻言，不禁暗自佩服彭振宇的细致观察。

彭振宇跟曾主任交代过后，便径直走上前去，对那老汉和蔼地说："阿叔，我们三栋镇政府在一个多月前就给你们这个果园的承包人下达了《搬迁催告书》，今天我们就是过来依法拆迁的，请您配合我们的工作……"

老汉见彭振宇毫无惧色地走过来，怔了一下，马上又对彭振宇挥动起镰刀大骂起来。

"阿叔，你别乱骂人，侮辱威胁公职人员，我们是可以把你拘留起来的。"一个公安民警严厉地警告道。

彭振宇却脸色平静。他知道做拆迁户的思想工作千万要控制好自己的情绪。拆迁户越是激动，就越要控制好自己的情绪。

他笑着继续说："阿叔，我跟你素不相识，无冤无仇，看护园子是你的工作，拆迁是我的工作，大家都是为了工作，你就真的狠心给我一刀吗？"

老汉闻言不语。

彭振宇接着义正辞严地说道："你现在拿着镰刀，威胁拆迁工作人员的人身安全，这原本已经是触犯了法律，公安人员现在随时都可以拘留你的。我们今天来拆迁，是依法依规的，再说了，你看看今天这个阵势，你认为你一个人能挡得住吗？我们看你是一个有情有义的人，也不追究了。"说着便向老汉伸出了一只手。

老汉看了彭振宇一眼，把镰刀往地下一扔："我管不了了，我不管了！"说完便转身走进屋子里。

彭振宇会心一笑，返身走出院子，手一挥："开始清场！"

"承租人的诉求怎么会比政府的评估价高那么多呢？漫天要价也得有个谱吧？"笔者不解地问身旁的曾主任。

"作为被拆迁人，人人都希望能在拆迁中获得最高的赔偿。但我们的拆迁，每一样物品的补偿都是有固定标准的。就拿这片果园来说，荔枝树龙眼树的补偿标准是5.4万元一亩，而杨桃树补偿的标准却是低了一半。承租人就有想法了，同样是果树，补偿标准就该一样，就是要按最高的补偿标准来计算。这样就产生分歧了。"曾主任又解释道："荔枝和杨桃，作为经济水果，哪个贵哪个便宜，大家心里都清楚，国家制定补偿标准，也肯定是经过一番科学论证的……"

忽然，两台挖掘机停了下来，周围一下子安静了，像狂风暴雨来临前的那种安静。发生了什么事？数十个相关工作人员迅速地往挖掘机跑去。

笔者的心也忍不住怦怦地狂跳起来：肯定是出现什么意外状况了，也朝着挖掘机的方向跑去。

笔者跑到出事点时，彭振宇已经先到了，只见他对着一个由几根木棍和几张油粘纸盖成的鸡棚眉头紧锁。鸡棚里面，零散地放着4个鸡窝，每个鸡窝上正端坐着一只母鸡，它们正在孵蛋呢。一个拆迁工作人员想伸手去挪走鸡窝，母鸡马上张开翅膀，羽毛直竖，"呼呼呼"地朝工作人员手上猛啄。那工作人员躲闪不及给啄了一下，痛得"哇哇"直叫。原来虚惊一场。众人紧绷的神经都松弛了下来。

"领导，我这几只母鸡都孵了有半个月啦，很快就出窝了！你们，你们能宽限几天，等鸡崽孵出来之后再拆这鸡棚好吗？"之前一直在打电话的那个妇人不知何时走了过来，焦急地向彭振宇求情。

彭振宇略作考虑，随即点点头说："好的，那就依你的意思，不惊扰它们，让它们继续孵蛋，这个鸡棚就一个星期后再来拆！"

一个小小插曲就这样结束了。两台挖掘机又轰鸣起来。

没有对抗，没有阻挠，更没有冲突，一切都似乎显得过于平静。然而，在场的三栋拆迁人员都知道，这"平静"可是大家5年来耗费了无数的心血才换来的啊。

临走时，那妇人又拦住了彭振宇，硬是塞给了他两个热乎乎的鸡蛋。彭振宇愉快地收下了。

"刚才那个阿叔拿着镰刀在你面前挥来挥去的，你怕不怕？"笔者好奇地问道。

"怕！怎么会不怕呢？"彭振宇笑道，"但怕也要上啊！"

他说，现在许多地方的征地拆迁项目很难推进，其中不排除有一批"博赔、博种、博建"的人，因为不当利益得不到满足而肆意设障并加大了工作难度。但他认为在法律程序走足、人情给足的前提下，依法强清、强拆可能会成为完成任务的最后一道工序，也是最好的办法。三栋镇在2015—2017年这三年来的拆迁里就有多个项目走了依法强清、强拆程序，但没有一个出现异常问题，而且大部分都是权利人在强清、强拆行动前主动妥协。搞征拆工作也要讲究策略和技巧。你怕他，他就不怕你。你不怕他，他就怕你。其实，依法依规，谁都不用怕谁。

"我是人民基层的一块砖，哪儿需要往哪儿搬。"这是彭振宇对自己工作的一个评价。笔者在后来的采访中，了解到了这个工作作风看似强硬的干部，在一次拆迁的突发事件中，又显示他柔情的一面。

惠州市政府为了贯彻落实《中华人民共和国职业教育法》和《中华人民共和国劳动法》，实施科教兴国战略，大力推进职业教育的改革与发展，决定在惠城区三栋镇福长岭，以惠州卫生职业技术学院和惠州商贸旅游高级职业技术学校新校区为核心，投资15亿元建立一个"中职教育新城"，以培养更多的各类专业型优秀人才。可就在中职新城兴建过程中，征拆工作遇到了几个"难通户"，严重影响了施工建设的进程。

时任三栋镇司法所副所长的彭振宇，被抽调去做其中一个钟姓难通户的拆迁工作。

接到任务的彭振宇不敢懈慢，知道领导让自己去做"难通户"的工作是对自己的信任和考验。于是第二天一大早就跟随两个拆迁工作人员来到钟友来家。

尽管有心理准备，但当彭振宇走到钟友来家的门前时，还是怔住了：一栋三层楼房的前面用砖头和石块堆起了一堵半人高的围墙，更可怕的是，在二楼的阳台上也堆满了砖头和石块，还有一些瓶瓶罐罐。一个拆迁人员告诉他，那些瓶瓶罐罐里面装的都是汽油。

彭振宇倒吸了一口冷气，这哪是抗拆，这是要玩命啊！

通过了解，彭振宇得知这钟友来不肯搬迁的主要原因就是嫌补偿款不够给几个儿女添置新房，因此死扛着不肯搬迁。

彭振宇想进去跟户主聊聊，不料刚迈进"围墙"门，一块石头就从里面飞将出来，幸亏彭振宇眼明手快，把头一偏躲过了，否则定然要头破血流了。

这个下马威没把彭振宇吓着，倒是提醒他对付这种敢拼命的"难通户"只能智取，不能硬来。于是便不急着马上进去，他把其他拆迁人员打发回去，只身一人在屋外蹲候，等待机会。

直到中午时分，彭振宇看到一个50多岁的妇女骑着一部电动车回来了。彭振宇判断，这应该就是户主的妻子游红谷。

彭振宇的判断没有错，这个妇人正是游红谷，是附近惠州学院的一名清洁工人。她对她家门前经常驻留的那些来劝说拆迁的工作人员早已司空见惯，看到彭振宇连正眼都不瞅他一眼，下了车子后就目不斜视地将车子往家里推。

彭振宇哪肯错失良机，马上走上前去，热情地打招呼道："阿姨您好！我是三栋镇司法所的小彭。"也不管她是否愿意，便帮忙推着车子一同走了进去。里面的人投鼠忌器，只好无奈地放他进去了。

进屋后，彭振宇发现屋里就一个老头和一个几个月大的婴儿。由此可断定刚才向他投石头的就是这个近六十岁的房主钟友来。

钟友来见了彭振宇头也不抬，鼓捣着手里一个旧的电源开关。游红谷则自顾自地进厨房洗菜、淘米做饭去了。

彭振宇环视了一下屋内，发现里面一切设施都十分陈旧，感觉到这家人的生活并不宽裕。他尴尬地站了一会儿，正准备找话题跟钟友来搭话，躺在小床上的那个女婴醒了，哇哇地哭了起来。

"老头子，抱一下玲玲，我等下做碗米糊给她吃。"游红谷在厨房里喊道。可钟友来却似乎没听见一样，继续弄他的破电源开关。

彭振宇见女婴哭个不停，便快步走过去，俯身将女婴抱了起来："玲玲别哭，让伯伯抱一抱。"早为人父的他有带孩子的经验，女婴被他抱起来之后很快就止住了哭声，睁着一双明亮的小眼睛，一动不动地看着眼前的这个陌生面孔。

"玲玲好乖啊！"彭振宇一下子就喜欢上了这个眉清目秀的小宝宝，抱着她在厅里转来转去，"别急别急，奶奶等下就把米糊搞好了，马上就有得吃喽。"

"我是她外婆，不是她奶奶。"游红谷端着一碗米糊站在他的背后说道，"看来这孩子亲你，平时不熟的人一抱她就哭。"

"呵呵，看来我跟这孩子有缘。"彭振宇见游红谷愿意跟自己说话了，心里非常高兴，"游姨，你先去忙，让我来喂玲玲。"

"你会喂小孩子吃米糊？那好你来吧，我的锅都烧红了，得赶紧炒菜去。"游红谷见彭振宇抱孩子姿势像模像样，便放心地把那碗米糊递给他，又匆匆进厨房忙活去了。

彭振宇结婚不久，妻子就给他生了双胞胎儿子。因父母不在身边，又请不起保姆，他妻子一人经常忙不过来，所以彭振宇业余时间都得待在家里帮忙带孩子，也摸索出许多如何让孩子停止哭闹、如何逗孩子开心、如何让孩子乖乖吃饭的方法，给孩子喂米糊更是游刃有余。

当游红谷从厨房里煮好菜出来时，一碗米糊已经被宝宝吃完了。

"哎，看不出你这后生仔喂孩子还真有一套！"游红谷见外孙女把一碗米糊都吃下去了，非常开心，忍不住感叹道，"我经常一两个钟头都喂不了半碗。"

"游姨，小玲玲很乖，比起我家那两个孩子可好伺候多了。"彭振宇说道。

"哦，看你年纪轻轻，原来已经有两个孩子啦？"游红谷有点诧异地问道。

"我生的是双胞胎！"彭振宇解释道。

"儿子还是女儿？"游红谷好奇地问道。

"是双胞胎儿子。"彭振宇答道。

"哎呀，你的命真好！"游红谷把女婴抱了过去，腾出一只手拿过一张塑料凳让彭振宇坐下，"我的女儿就没这么好命，她的婆家很想她生儿子，却生了个女儿。"

"女儿好，女儿贴心！"彭振宇说道。

"女儿好什么，就像我女儿，都已经嫁出去了，却还是吃我的住我的，现在还把外孙女丢给我们两个老人带。"游红谷一脸无奈地说道。

"游姨你别担心，我相信你女儿也只是暂时的，以后经济好一点了，她肯定会报答你们孝敬你们的。"彭振宇安慰道。

"我看是没什么指望！她和她老公挣的钱都不够他们自己花销，孝敬我们，难啊！"一直没吭声的钟友来突然插话道。

"钟叔，你也不用太悲观，俗话说'宁欺老人翁，莫欺少年穷'，他们现在都还年轻，困难也只是暂时的……"彭振宇站起来走到钟友来的前面，"钟叔，你开关上的这条线好像是搭错了，这个孔是接蓝线的，你接到黑色线了……"

"哎呀，难怪我搞来搞去都通不了电，原来是这条线接错了！"钟友来嘿嘿两下，嘴里没说什么，但心里却充满着谢意。

彭振宇帮着他把开关钉到墙壁上，又将其他两个开关也拆下来，重新整理好线路再装上去。

"你以前做过电工吗？"钟友来见彭振宇对电路很熟络，便问道。

"我老家在山区的农村里，小时候家里非常穷，家里安装水电都请不起人，就只好拿着书本自己学着安装。"彭振宇说道，"有一次，我家厨房的电线短路了，我没关电闸检查，结果不小心碰到火线，整个人被电击倒在灶台的一口大铁锅上，把铁锅都砸烂了，幸亏铁锅里面煮的猪食已经凉了，否则没给电死，也给烫死了。"

钟友来听了呵呵地笑起来："我家平时的电路出小问题也是我自己弄，也给电过好几次，那感觉想起来都有点后怕。可家里没人会弄，只好由我这个老头出马了。"钟友来告诉彭振宇，有次他想在屋后装个路灯，却把照明开关装错了，结果在一次换灯泡时，整个人被电打得仰面朝天，半天爬不起来……

两人边聊边安装，不知不觉中就把之前凌乱的电线都给接好安装好了。两人也是越聊越有共同话题，最后老人还要留彭振宇在家吃饭。彭振宇婉拒他的好意，告辞了。

从此后，他就可以自由进出这户人家的大门了。每次上门，他手上都会提着点东西。有时是带瓶自家泡的药酒，因为钟友来平时没事喜欢呷几口酒；有时是送点蜂蜜，因为游姨说她经常便秘；有时是给小玲玲带件小玩具，小宝宝每次见到他，都会冲着他甜甜地笑。

"人与人之间的相处，归根结底是人的情绪在相处，人的情绪在互动。"彭振宇给笔者讲拆迁时，不止一次地说到这一点。彭振宇和钟友来随着交往的增多，情谊也越来越深厚。钟友来把彭振宇当成了一个可以信任的人，也主动谈起了房屋的拆迁问题。彭振宇每次都会耐心给他讲道理："钟叔，这房子的补偿价格那是真的没办法再提高了，因为这个标准定下来并已经执行了，如果临时再给您多加补偿款，这样对那些已经搬迁了的拆迁户是很不公平的，政府也会因此失去公信力……"

终于，钟友来同意了拆迁，在拆迁协议书上签了自己的名字，按上了手印。彭振宇也在政策允许的范围内，尽量给予他照顾。

彭振宇跟钟友来办妥了房屋拆迁手续后不久，又被惠城区政府组织部临时借调过去工作。一天下午，正准备下班的彭振宇突然接到三栋镇一位朋友的电话，说钟友来家出事了，闹出人命了，现在家属正带着上百人在镇政府大闹。朋友还好心劝告他不要掺和此事，反正他现在已经不管拆迁工作了，不要去惹火烧身。

彭振宇听了心急如焚，谢绝了朋友的好意，说："拆迁工作从来都不分你我他，我不能置之度外，更何况钟友来的拆迁工作还曾经是我负责过的项目。"他马上驱车往三栋镇政府赶去。此时，恰逢下班晚高峰，一路塞车，拥堵不堪，彭振宇边开车边打电话了解情况。

原来钟友来自签订了拆迁协议后，因新房还没有建好，于是镇政府就在附近临时租了一处房子作为过渡。为了省钱，钟友来租住的房子又小又简陋。出事那天下午，游红谷在出门上班前吃了一根香蕉，吃的时候咬下一小块喂到小外孙女的嘴里，不料香蕉竟哽在孩子的气管上。小孩子因无法呼吸，给活活憋死了。大人们最初都以为她睡着了，等发现不对劲送往医院抢救时，已经回天乏术了。钟友来的家人悲痛之余，把怒火转移到相关的拆迁干部身上。因为他们当初将房子腾空时，曾请求说要择个良辰吉日拆迁房屋。拆迁的干部没同意，说建房子奠基时要挑选好日子，可拆房子哪要选什么好日子？为避免夜长梦多，拆迁人员等钟友来房子一腾空，就立马拆掉了。

然而不巧的是，意外就是在房子被拆除不到一个星期的时间里发生了。因此，钟友来一家人都认为这是没挑好良辰吉日拆房的后果，全家人哭闹着抱着孩子的遗体到镇政府来讨说法。钟家的七姑八姨兄弟姐妹，呼啦啦竟叫来了一大帮人聚合到镇政府。

彭振宇听说可爱的小玲玲死了，顿时脑袋"嗡"的一声，车子差点撞到前面的汽车。那个可爱的小宝宝怎么说没就没了呢？

冷静！冷静！彭振宇一手紧握方向盘，一手不停地用力拍打自己的脸颊。悲剧已经发生了，现在要想办法来解决才行。可此刻他的脑袋却乱得像一团麻，手脚也一直在不停地颤抖。

15公里的路，彭振宇开了差不多一个小时。他把车子停在镇政府外面，快步走进政府大院。只见院内人声鼎沸，有近上百人在哭着、吵着、闹着。许多公安人员和武警人员在现场戒备，维持秩序，一些政府干部也在不停地劝慰着家属。

彭振宇来到一个位于二楼的办公室。这是哭声最大最多的地方。哭得鼻涕一把泪一把的游红谷见到彭振宇，忍不住又放声大哭，抱起外孙女说道："小彭，我家的玲坽死了，你得替她做主啊！"这个农村妇女当从医生处得知外孙女是由于她喂的那块香蕉哽死的，顿时内疚得天都要塌了。为了减轻自己心里的内疚和负罪感，于是在旁人的唆使下，她和家人便抱着孩子来政府闹。钟友来则坐在一张沙发上，神情恍惚，嘴里自言自语念叨着："如果挑个好日子拆房子，就不会发生这样的事情……"

彭振宇将像睡着一样的小玲玲抱起来。他难以相信这个他曾经抱过、喂过，每次还会冲着他笑的可爱宝宝就这样离开了人世。他抚摸着那张已经冰冷的小脸蛋，想着与她之前相处时的点点滴滴，泪水禁不住夺眶而出："玲玲，你怎么就这样走了？你不跟彭伯伯玩了吗？彭伯伯还给你买了一个新的拨浪鼓，准备下次去你家时送给你呢……"周围的人见状，渐渐停止了吵闹，低声哭泣起来。

彭振宇把孩子轻轻地放到一张沙发上，转身握着游红谷的手说道："游姨别哭了，小玲玲只是到另一个世界去开始她新的生活，你不要难过，节哀顺变啊！"接着他又把钟友来和他的儿子，以及玲玲的爸爸妈妈何东君钟玉芹夫妇叫到跟前，沉痛地说："我跟你们大家一样难过，小玲玲生前和我也是很有缘分的，她很喜欢跟我玩，让我抱。现在既然事情已经发生了，我们就要面对现实。我一定会帮助你们妥善处理好这件事情，请你们相信我！"

"小彭，我相信你！"钟友来说道，"如果我不相信你，当初也不会去签那份拆迁协议了。一切你来给我们做主吧！"

"那好！既然钟叔相信我，那我们就先冷静下来，理一理思路，看看下一步如何处理。"彭振宇让众人坐下来，然后吩咐人搬来几箱矿泉水，一人一瓶，等大家的情绪稍微平复一点后说道："钟叔、游姨，还有各位乡亲们，小玲玲不幸走了，她跟我们的缘分已经尽了，现在无论我们怎么悲伤、痛苦、难过、愤怒，她都不可能再复生。我们在这里吵吵嚷嚷的，只会惊扰到她的灵魂，让她不得安息。依我看，我们首先要把她给安置好，让她平平静静地到另一个世界去，其他的事情我们可以等处理好小玲玲的后事，再来慢慢计议。大家认为如何？"

众人都觉得彭振宇说得有理。尤其是一些农村妇女，更是在私底下议论道："是啊，孩子的魂还在天上飘着呢，不能让她没个着落吧。"

"对，孩子既然走了，那就让她安心地走，千万不能让她产生怨气，否则对活着的人不利……"

"我们要让孩子尽快入土为安，早日再投胎做人……"

大家一致同意了彭振宇的观点，先处理好小玲玲的后事再说。

统一大家的意见后，彭振宇马上让政府的两名拆迁工作人员陪同钟友来儿子一起开车送钟友来夫妇先回去休息，又让何东君夫妇把小玲玲的遗体抱回村里的祠堂，让她在那里暂时安顿一下；再安排人员去买副小棺材……

当彭振宇将最后一个村民送离镇政府大门时，看看手表，已经是晚上十点多了。他正想歇口气，找点东西填一填早已饿得疼痛起来的胃时，却听到楼下又传来一片吵嚷声。他跑到楼下一看，发现何东君夫妇又哭哭啼啼地把孩子抱回镇政府来了，心情不禁一沉，忙问怎么回事。

钟玉芹抱着小玲玲泣不成声，何东君边抹眼泪边难过地向彭振宇陈述，他们正准备把孩子的遗体抱到村里的祠堂，村里有几个老人竟挡在祠堂门外不让他们把孩子抱进去，说这孩子还未成年，不能进祠堂里。而他们临时租住房子的房东也不肯让他们摆放，哪怕是在屋外搭个小灵棚都不行。现在他们也不知道应该把孩子遗体放到哪儿去，实在没办法就只好把孩子又抱到镇政府来，找彭振宇一起想办法处理。

这一下子把彭振宇也给难住了。按这里的乡间习俗，未成年的孩子死了，不管男女，都不停灵举丧，也不设祭发送，宛若死了一只猫狗，因为人未成年还算不得这个家庭的正式成员，不过是个匆匆来去的过客。以前，村民对死去的未成年孩子都是简单用个木箱装着或是用草席一裹，送到乱葬岗子随便埋了，现在则是统统送到火葬场去烧了，骨灰也不要。

一个工作人员建议打市殡仪馆的电话，让他们把孩子的遗体送到火葬场去。

不料何东君立马就大声拒绝了："不行，不能送到那里去，我女儿的事情还没有妥善解决，送到那里去，万一给你们偷偷火化了，我们找谁去？"

彭振宇也曾想过这个方法，但他知道孩子的家人肯定不会同意的。犹豫中，他脑子灵光一闪，提议把孩子送到镇里演达医院的太平间。

为了快速安置好小玲玲的遗体，彭振宇陪同着何东君夫妇一起把孩子送到了演达医院的太平间。演达医院是一所乡镇医院，医疗设施和医疗环境都相对较为落后。三栋镇距离惠州市区不远，得重病快要死亡的患者都送到市里的大医院去了，而在家中死去的老人，也是先抬进村里的祠堂做完葬礼后，直接送火葬场去火化。因此，演达医院的太平间基本上是没怎么使用。当大家抱着小玲玲进入医院太平间，看到里面布满灰尘和到处都是老鼠屎时，心情又更加沉重了。小玲玲的妈妈钟玉芹忍不住又哭泣起来。彭振宇当即和另一名工作人员去医院找来扫把、拖把和抹布，把太平间里里外外都搞得干干净净后，才让何东君夫妇把小玲玲抱进去。此时，去买小棺材的人也赶到了医院太平间。由于时间太晚，附近的棺材店都关门了，他们没有买到小棺材，就买回了一个大塑料盆。有个塑料盆也比没有好。钟玉芹把孩子轻轻地放到塑料盆上，哭泣着又提来一大袋小衣服。这些都是小玲玲生前所穿的衣服。

白发人送黑发人，撕心裂肺莫过如此。彭振宇见钟玉芹越哭越伤心，担心这个年轻母亲精神崩溃，就把那袋衣物接了过来："妹子，我来帮你！"说着便让何东君将她扶到一旁休息，他亲自把小玲玲的衣服一件一件地垫在那个小身体周围。同时，他也劝慰何东君夫妻俩："小钟、小何，事情已经发生，你们也不能长久地沉浸在悲伤之中，这事要从长计议，保证活着的人身心健康才是第一位。你们两个都还年轻，等过了这一阵，抓紧再生一个，也许能生个龙凤胎呢。人生在世，各有各命，也许小玲玲这孩子本来就不是你们的，而是观音娘娘身边的玉女。玉女也还是个孩子嘛，背着观音娘娘跑到人世间玩一玩，现在被观音娘娘发现了，就叫她回去了。观音娘娘大慈大悲，不会眼看着让你们悲伤，肯定还会再赐给你们孩子，而且会更聪明更可爱，那才是你们两口子老来的依靠……"

彭振宇的开导让何东君夫妇内心平复了许多。他们不再哭泣流泪。

等忙完一切，走出太平间后，又累又饿的彭振宇终于支撑不住了，倒在了医院太平间门外的一张椅子上，半天起不来。那天晚上他整晚都没有回家，陪着小玲玲的父母在医院里守护了一个夜晚。

这个突发事件在彭振宇的调解下，最终妥善解决了。

管与不管一样干！这就是彭振宇对待拆迁工作的心声，也是许多拆迁干部躬体力行的工作准则。征地拆迁工作，最能充分体现一个工作人员的政策法规水平、群众工作水平和协调问题水平，也是一个锻炼人、提高人的有效平台。在征地拆迁中发现人才、培养人才、使用人才已成为惠城区政府的一个定律。许多像彭振宇这样的基层干部就是因为在拆迁中的优异表现，在镇（街）换届中被提拔重用，成为一名优秀的基层干部。

## 七、唱《海阔天空》的汉子

脱下军装回到地方，如何重新开启今后的人生之路，这是每一个退伍军人必须要认真思考的问题，也是他们必须面对的现实。在惠城区"拆迁"队伍中，就有不少这样的军转干部。

十多年前，杨永忠穿上军装，意气风发地进了军营，实现了多少热血男儿的军营梦。岁月流转，花开叶落，十多年后，他又脱下了军装，转业到了地方。

2015年7月，杨永忠凭借丰富的政治军事工作履历，经考察选拔，被任命为河南岸街道办事处党工委委员、武装部长，分管武装、国防后备力量建设、社会事务、民政、双拥工作。

杨永忠说起拆迁工作时无限感慨地说："我之前怎么都没想到自己会参与拆迁工作。谁都知道拆迁工作难做，但城市要建设要发展，拆迁就是绕不过去的一道坎。再说了，拆迁实际上是造福百姓，让更多的人过上好生活。"

或许是十多年军旅生涯养成的习惯，就像当初服从组织安排选择转业一样，杨永忠分到"拆迁"任务时，就像听命上战场一样，毫无二话，毅然领命。

在河南岸15号小区，为方便群众出行，要建一条贯通演达大道的T形连接路。为此要拆掉四栋五六层楼高的民宅。

杨永忠接到任务后，便带着相关人员多次上门与业主沟通，做思想工作。然而，其中三个业主死活都不同意拆，尤其是一个叫李仁健的，抵触情绪特别激烈。

李仁健对上门来做工作的杨永忠大声说道："我不是钉子户！

我没有漫天要价，我不要政府的一分钱，我不要任何的赔偿，我只要我的房子！"

"老李，你别激动，说那些话能解决问题吗？你这房子是在集体土地上建起来的，所以必须要配合国家和政府的发展建设需要啊。"

"国家、政府做事也要讲道理！这栋房子就是我的命，我在80年代就下岗了，这栋楼是我二十多年前辛辛苦苦积攒的钱建起来的，现在租给那些农民工，非常便宜，既能帮到那些进城务工的农民朋友，也是我目前唯一的经济来源，拆了房子我靠什么生活？毛主席说党和政府要为人民服务，你们这些公仆是怎么样为人民服务的？我今天就把话搁在这里了，不管怎么样，就是不能拆我的房子！"

杨永忠耐心劝解说："我们拆迁修路也是为人民服务，让更多的人民群众出行方便！何况我们拆迁，既讲法规也讲道理、讲人情，会尽量为拆迁户着想，但我们要依法依规来做，要横是解决不了任何问题的！我们也不怕你胡搅蛮缠。"

"要拆！""不能拆！"这个话题在双方对话中不知道重复了多少次。最后往往是以双方的沉默而告终。

几个回合下来，杨永忠换位思考后，觉得再这样僵持下去是不行的，对方坚持不拆也是有他的理由的，接下来的交谈就该从这里入手才对。杨永忠再次登门，对李仁健语重心长地说："老李，说句实在话，我们这样耗下去，我累你也累，拆是我的工作职责，护是你的生存之本，但问题是一定要解决的，我们都不要再折腾了好不好？这样吧，你看看有没有折中的方法，你说出来，看看我们能不能帮你协调一下？"

老李听了杨永忠一番推心置腹的话，心理防线开始松动了，自从政府下发通知要拆房子这半年多时间里，他就没睡过一个好觉，人也苍老了许多，原来还算硬朗的身体也慢慢垮了下来。现在他除了应付杨永忠这些拆迁人员外，其余时间都在看病吃药。他思来想去后对杨永忠说："既然政府有诚意，那我也可以让出两米来，把靠马路这边房子拆了，并且不要政府的一分钱赔偿，只求政府能够留三分之二的房子给我，我是一个农民，穷了一辈子，倾尽所有建起了这栋房子才慢慢脱贫了，有了这栋房子，我和我老伴将来也有个依靠啊！"

老李掏心窝子的话也深深地触动了杨永忠。"脱贫"两字，对杨永忠有着不一样的意义：自己就是从农村出来的，知道农村穷苦人家的日子有多艰难。年幼时，他目睹过父亲为了全家生计东挪西借的无奈和艰辛，那时的苦日子就像一道伤疤，至今让他难以忘却。当年，自己靠参军改变了命运，成了邻里羡慕的军官。如今，自己成了一名国家干部，有机会有能力时就应该多为百姓着想，多为百姓服务。

杨永忠反复地对比察看有关规划部门提供的设计图和现场，发现马路就在老李家门前处拐弯，如果把设计图转弯半径作个调整，并把对面的供电变压器往后挪上两三米，再把老李家一楼承重墙以外的部分墙体拆掉，这样马路的宽度就不会受影响了。

他立马将这情况向领导汇报，并把规划设计部门的相关人员也请到了现场，提出了自己的建议，让他们再修改调整马路的设计方案："设计方案是死的，但人是活的，我们如果把设计方案按我的提议再修改一下，不仅能维护老百姓的利益，也能为国家节省上千万的补偿费用啊。"杨永忠不断地恳求相关领导和设计人员。

最后，相关设计人员被杨永忠的真诚打动了，他们指着那座巨大的供电变压器说道："如果你能让供电部门挪开那座变压器，我们就同意修改马路的设计方案。"

杨永忠高兴地一拍胸口："这个包在我身上。"

大家看到杨永忠那么爽快地答应了，还以为他在供电部门有关系呢。然而，杨永忠除了小时候在老家看过供电所的抄表员来他家抄过电表外，供电部门什么人都不认识。但路子总是会找到的！这个以前从不托人找关系、性格倔强的杨永忠，这次为了老百姓的利益，只好厚着脸皮四处打听，托人找门路。他把自己所能接触到的人在脑海里排队，把名字一个又一个地列出来，然后一个接一个地打电话。终于，经他多方打听，最后打听到一个姓邱的朋友，他的一个远房亲戚退休前曾经在惠州供电部门担任过领导，于是便死皮赖脸地央求朋友带着他去拜见那位老领导。

"那是我母亲的一个表哥，按辈分我叫舅舅，只是平时我都跟他没什么来往，过年过节也没拜访过人家，人家未必会帮我，再说人家现在也退休了。"朋友为难地说道。

"死马当活马医，只要有一点儿希望，我们也得试一试。"杨永忠道。

这天杨永忠提着一袋水果跟在朋友后面，敲开了他表舅家的门。这个表舅乍一看就知道是一个当过领导的，退休在家也依然有一副官派头。他胸脯笔挺，站姿比杨永忠这个部队出来的兵哥哥还标准。

表舅看了一眼他们拎来的水果说："来就来嘛，还买什么东西，浪费钱。"杨永忠自我介绍后瞥见茶几上摆着个烟灰缸，赶紧掏出一盒烟递上去一支。他自己平时不抽烟，这盒烟是临时特别准备的。

表舅声音洪亮地对邱振昌笑道："小邱，二十多年前见你的时候你还在上小学，现在你都成家立业了吧？你妈也是好久没见，她最近还好吧？"

"谢谢舅舅的关心，我妈她身体还好。"邱振昌忙笑着回答。

"我这表妹啊，也是二三十年没见了，还记得小时候我到你外婆家玩时，她就带着我到田野去玩，逮蚂蚱、捉青蛙、摸鱼虾，像个男孩子……"表舅跟邱振昌聊起了家长里短，"没想到几十年光阴一下子就过去了，我都退休了……"

"我看舅舅身体气色都非常好，精神比我们这些晚辈还要饱满，您现在还算是青年哪！"杨永忠恭维说。

"哦，我还是个青年？"表舅闻言好奇地问道，"此话怎讲？"

"现在网络上都流传说联合国教科文组织对年龄划分标准作出了新的规定：0 岁至 17 岁为未成年人，18 岁至 65 岁为青年人，66 岁至 79 岁为中年人，80 岁至 99 岁为老年人，100 岁以上为长寿老人。舅舅应该还没有 65 岁吧？"杨永忠问道。

"舅舅比我妈大两岁，我妈今年 61 岁，那舅舅才 63 岁，肯定是青年了！"邱振昌接着杨永忠的话说。

"你们这些后生仔，就会哄我们老人家开心。"表舅哈哈大笑起来，"网络上的东西可不能全信。我天天上网，许多事情都还是了解的。"表舅嘴上虽是这么说，但看得出来他对自己还是个"青年"的新定义十分在意。

"舅舅现在也上网啊？"杨永忠问道。

"我退休在家闲着没事，也就上上网，用电脑写点小文章。"表舅说着，把杨永忠他们请到了他的书房里，指着台上一沓厚厚的书稿，骄傲地说道，"这是我退休两年多来根据我年轻时当知青上山下乡的经历写的一部小说，都快完稿了，有 60 多万字呢。"

"这都是您自己在电脑上打出来的吗？"杨永忠望着那沓用 A4

纸打印出来的书稿，非常惊讶。

"是啊，这都是我自己用电脑打出来的!"表舅不无得意地说道。

"厉害厉害，这么多字，您是用什么输入法打出来的?"杨永忠非常惊奇。

"我用的是五笔输入法，遇到一些我无法五笔打出来的字，我就用拼音来打。"表舅接着又说，"现在我每天都要在电脑前敲打一千字左右，这是我给自己定的标准。打字最明显的好处就是练手。打字练的是手指灵活度，打字打多了，就会自然而然地记得键盘上每一个键的位置，然后就会越打越快，这也就锻炼了手指灵活度。由于四肢是由大脑控制的，所以锻炼手指灵活度的同时也在锻炼大脑。这样，人也不会老得那么快……"

表舅兴奋地跟杨永忠两位晚辈分享着他打字创作的快乐。杨永忠内心无限敬佩地说道："太难得了，舅舅您以现身说法给我们上了一堂生动的教育课啊，我们都要向您学习，活到老学到老!"

"对对对! 古语有云：勤学如春起之苗，不见其增日有所长；辍学如磨刀之石，不见其损日有所亏。我们习近平总书记在中央党校建校80周年庆祝大会暨2013年春季学期开学典礼上，就号召全党同志加强学习，增强本领，推动党和人民事业大发展大进步。的确，在这个知识化、信息化的时代，终生学习越来越成为人们生存和发展的第一要务。加强学习是时代发展的要求，也是我们党的一项长期的重要政治任务。这就要求广大党员、公务员要起模范带头作用，平日里加强学习和钻研，力求做到'生命不息，学习不止'……"表舅越说越有激情。在这两位晚辈面前，他仿佛又找回了在任时的感觉。

表舅畅所欲言地跟杨永忠他们谈了两个多小时后，才收住了话题，问道："你们今天来找我是有其他事吧？"

杨永忠忙说道："舅舅，是这样的，我们河南岸街道办在河南岸 15 号小区想打通一条市政连接路，方便百姓出行……在施工建设的道路上有一座变压器挡住了，我们想挪开它，以拓宽道路……可我们跟供电部门不熟悉，也不知道该找谁，没别的门路了，没办法，才来麻烦您。"

"这是为百姓做好事，其实你们是完全可以直接去找供电部门申办就行，既然你找到我这儿了，为了百姓，为了公事，我一定支持！"表舅说道，"现在分管这块工作的恰好是我的老部下，我一会儿给他打个电话，另外我再写张纸条，你们拿着找他去。"

果然，在供电部门的大力支持下，河南岸 15 号小区连接路上的变压器没过多久便移到马路边去了，连接路也很快修通了。

老李家终于保住了这栋房子，他不但没多要政府一分钱的补偿，而且对杨永忠感恩不尽。杨永忠说这是他的工作，支持配合他的工作就是最好的答谢。

杨永忠负责的拆迁任务有十多宗，他除了做好自己的本职工作外，其余时间都是在挨家挨户做拆迁户的思想工作，给他们讲形势、讲发展，却经常吃"闭门羹"。

是的，有时候自己讲得嗓子冒烟，拆迁户却不愿相信，杨永忠有时候也觉得委屈。多少次，他在拆迁户面前委屈得不行，但这些情绪不能在同事、朋友面前宣泄，更不能把情绪带回家里去，后来他找到了一个很好的宣泄方式，那就是坐在自己的车上把车窗紧紧关闭，然后放声歌唱。他唱得最多的就是《海阔天空》："今天我寒夜里看雪飘过/怀着冷却了的心窝飘远方/风雨里追赶/雾里分不清影踪/天空海阔你与我/可会变（谁没在变）/多少次迎着冷眼与嘲笑／从没有放弃过心中的理想／一刹那恍惚／若有所失的感觉／不知不觉已变淡／心里爱（谁明白我）……"作为一个湖南汉子，唱起粤语歌曲来感觉非常拗口，但又有什么所谓呢，反正只有自己听，唱得烂就烂吧，唱完了，心中就舒畅了。军营男儿的铁血情怀，在小小的车厢里顿时化为绕指柔。

杨永忠坚信，拆迁是一项利国利民的工作。过去当兵什么苦没吃过，这点委屈算什么？走访一次不管用，就走访两次、三次……在河南岸许多拆迁户心中，杨永忠是个大忙人。他有时出现在拆迁户家中，有时出现在田间地头，有时在指挥着拆迁现场……在杨永忠的办公桌上，一本厚厚的工作笔记本上记录了密密麻麻的走访资料。同事问他累不累，他笑答："我们当过兵的人，腿脚好，有耐力！"

"拆迁户回馈的笑脸，就是对我们最大的褒奖。"如今，杨永忠依然奔波在河南岸各个拆迁户家中。时不时，他都会开着车子回到他曾经拆迁过的"连接路"上看一看，唱上几首歌，放松一下心情。望着那一条条他曾经工作过，现在已经开通了的连接路，杨永忠说，就像这些"连接路"一样，前面还很长，拆迁工作也是任重道远，"走到哪儿，我都会记着，我曾经是一个兵！部队塑造了我，也塑造了我不一样的人生。拆迁虽苦，但值得！"

转业军人杨永忠，就这样一步一个脚印地奔走在艰辛的拆迁路上，用真诚换取拆迁群众的信任，脱下了军装，实现了自身的华丽转身。


惠州市惠城区近几年来每年的征拆项目平均120宗到150宗，多的时候达200余宗。拆了这么多，却从未发生过一起群体性事件，也未发生一起群众死伤事件。这得益于惠城区区委、区政府征拆工作的指导思想和理念：依法拆迁、和谐拆迁、开心拆迁、人性拆迁。然而要实现这一目标绝不是一件容易的事，需要一线拆迁工作人员的能力和智慧，更考验他们的耐心和为民服务的公心。共产党员在征拆工作中不忘初心、砥砺前行，以他们的智慧和勤奋，奠定了城区拆迁工作的良好基础。

# 第六章 "匪"夷所思的镇长

近年来，随着惠州市"南进北拓、东西延伸"城市发展战略的加快实施，一系列征拆项目相继落户马安镇。

马安镇是惠州市的一个"文明镇"，位于惠城区东部，地处西枝江下游，总面积76平方公里，下辖13个村民委员会、2个居民委员会，户籍人口3.3万人，常住人口约6万人。

镇长唐景瑞身材魁梧，古铜肤色，五官轮廓分明，目光深邃，尤其是那个又大又圆的鼻子，让人过目难忘。他1990年进入马安镇政府工作，在基层20多年的工作中，对马安镇的每一村每一户都了如指掌。他2000年就开始参与马安镇的拆迁工作，有着十多年的拆迁经验。然而，他经手的拆迁项目里面，极少是完整地从头跟到尾的，皆因他在拆迁方面能征善战，哪里需要他，就把他抽调去收拾残局。群众对他的评价是："儒雅中带着匪气。"他内心刚开始对这个说法非常抵触："我哪有什么匪气？"是啊，跟他谈过话的都知道他说话温文尔雅，入心入肺，不像一些村干部张嘴闭嘴全是粗话。唐景瑞后来慢慢地也释然了：他的这个"匪"跟"土匪"的"匪"不是一个概念，而是类同于"匪夷所思"的匪，指的是他考虑问题的方法、思路、言语、行动违反常规，让人难以想象和理解的意思。这可是褒义词呢！

作为镇政府主要负责人，唐景瑞充分认识到做好征拆工作的重要意义，牢固树立"抓征拆就是抓发展"的理念，将征地拆迁作为招商引资、项目落地的基础性工作来抓，集中力量、重点突破，20宗征拆项目完成交地面积6500多亩，为镇域经济社会发展增添了动力、厚植了发展新优势。

## 一、鞋子上有泥巴才是接地气的好干部

多年的基层工作经验让唐景瑞深深体会到一个基层干部，最重要的是必须深入实际、深入一线、深入群众，多到条件艰苦、情况复杂、矛盾突出的地方解决问题，千方百计为群众排忧解难。他还得出了一个结论：判断一个干部适不适合在一线工作，就看他穿的鞋子。如果一个人的鞋子整天都是油光发亮一尘不染的，那他只适合在办公室搞材料或做内务工作。如果一个人的鞋子上经常沾满泥巴，就说明这是一个非常接地气的好干部。"当一个干部能把农村的猪屎味闻成一种特别亲切的香味时，那他的基层工作就算是合格了。"他认为从事拆迁工作的基层干部亦是如此，不仅要密切联系拆迁户，而且情商一定要高，要跟拆迁户建立感情，与他们打成一片。在许多人的印象中，拆迁工作人员与拆迁户是对立的，事实并非如此。唐景瑞告诉笔者，马安镇的许多拆迁户，对上门来做拆迁动员工作的干部大部分都是客客气气的，又是端茶又是倒水，经常让拆迁人员感到盛情难却。曾有一个拆迁人员到一个养鸭场去做拆迁动员工作，场主见了十分热情，顺手拿出两瓶罐装可乐，"啪啪"打开了，你一瓶我一瓶地喝了起来。由于场主刚刚才装完一车鸭子，手也没洗，拆迁工作人员看着可乐罐上沾着一些鸭绒毛和一些黑乎乎的东西，但还是不动声色屏住

呼吸一口气把可乐喝完了。实践也一再表明，拆迁干部无论职务有多高，到了拆迁户家就是百姓中的一分子，得与拆迁户打成一片。倘若居高临下，拆迁户也不会买账。拆迁干部唯有与拆迁户平起平坐，既不嫌弃人家地上有鸡屎鸭粪，也能捧起搪瓷茶缸，才能让拆迁户觉得这才是值得信赖的"公仆"。马安镇的拆迁干部还经常组织村民在村里一起看电影一起娱乐，互相增进感情。中国是个礼仪之邦，讲究的是礼尚往来，注重的是人与人之间的感情，有了感情，什么都好说。

唐景瑞认为社会上许多人都把"拆迁难"的责任归到拆迁户上，其实这对拆迁户来说是不公平的，因为有些"拆迁难"也是拆迁干部不作为，不贴近群众，不为群众着想而造成的后果。他举了个典型例子，就因为分管拆迁的干部处事方式不同，出现了两种截然不同的结果。

在"惠州大道马安段"西山村小组的拆迁中，分管拆迁的干部处处为村民着想。有被拆迁的村民原来住着几十平方米的泥砖瓦房，房子被拆掉之后，需要重建，那重建房子不可能再建泥砖瓦房，最普通的也是建混合结构楼房了，然而泥砖瓦房的拆迁补偿款是很低的，远远不够建楼房，拆迁户就不得不问人借钱。可许多拆迁户的亲戚朋友也都是没什么收入的农民，他们也是无能为力。拆迁干部了解到这些特殊状况后，一边积极帮助他们与有关部门联系，申请农村建房补助资金，一边发动辖区内的企业对这些特困拆迁户进行帮扶，资助他们重新建起新房。就这样，西山村的所有拆迁户在半年内全部完成拆迁，住进了自己的新房子。而另一个赤坳村小组的拆迁则出现了迥异的结果：房子拆掉了，公路也修通了，可至今拆迁户都还没有安置好。究其原因，就是因为在赤坳村的拆迁安置点上有一个种植承包户，当时的要价比政府评估的价格多了三十来万元，但分管拆迁的干部没有站在拆迁户的角度上考虑问题，没有及时果断采取应对措施。结果这项拆迁就一直拖到现在。如今，就算是多花三百万元，以十倍补偿的价位也谈不下来，因为现在的马安镇已经成为一个炙手可热的经济发展新区，可谓寸土寸金。政府由此造成的损失，光是拆迁户的住房补贴这一块就达到了七百多万元，累计损失已经达到了上千万元，并且这个损失还在持续增长中，成为马安镇政府目前背负的一个沉重经济包袱。唐景瑞痛心地说道："我们的拆迁政策是一个地方性的政策，不可能面面俱到，难免会出现'老办法遇到新问题'的情况。在拆迁中，对于那些'可给可不给'的补偿，政府方面如果能下定决心，灵活处置，站在群众的角度思考问题，满足拆迁户合理的诉求，很多的拆迁问题就可以迎刃而解了。"

## 二、巧断"金埕"案

在古代，某些帝王为了防止后人盗墓，在墓的周围修建了许多假坟，用来迷惑盗墓贼。随着征地拆迁的不断增多，一些人为了骗取国家的补偿款，疯狂加班加点"植树造林""建房盖楼"。砍下树枝往地上埋一片，便是果园；木棍竹板加水泥一灌注就是楼房。现在一些人利令智昏，竟抱着侥幸心理顶风作案，打起了"老祖宗"的主意，造假坟骗取征地补偿款：随便垒个土堆，在坟头上压点纸钱就称是某某祖宗的坟，又或随便找一些无主坟来"认祖归宗"，充当所谓的"孝子贤孙"。

马安镇在推进马安污水处理厂二期项目时，拆迁工作组巡查发现在拆迁红线内的一片坟地里，几天时间竟然冒出了两百多个金埕。

　　唐景瑞接到报告后，马上赶到现场进行调查了解。在那片坟地上，分五排整整齐齐地摆放着数百个金埕，一些金埕因年代久远，早已破损，露出几块骨头渣子，或是没了盖子，里面除了半埕泥水，其余的什么也没有。然而，尽管一些人对金埕精心地做了一番手脚，但唐景瑞等人还是没费太大的功夫就找出了那两百多个假金埕。唐景瑞在农村里长大，从小就在房前屋后的坟地里玩过家家，对装着人骨头的金埕司空见惯，没有丝毫惧怕之心。他亲自动手，连续打开了几个伪装的金埕，发现每个金埕里面还真装有一些骨头骨灰。唐景瑞把该村的几个村干部找过来谈话，让他们回村去悄悄找线索。事情很快就有了结果：这些伪装的金埕都是这片坟地史氏宗族里面的史大成兄弟几人的杰作。史大成是个无业混混，整天在村里游手好闲。当他得知自己老祖宗的坟地因为污水处理厂项目要进行拆迁时，认为发财机会到了，便蛊惑自家兄弟和几个堂兄弟一同造假坟。他们怕引人注目，便分头到其他的乡镇去购买金埕。金埕买回来后，他们就用泥巴糊，用稻秆烤，把金埕做旧成长年累月受香烛纸钱熏陶的样子。为了让金埕更加逼真可信，他们又分头到一些饭店去收集猪骨头狗骨头，再拌上一些炉灰，制造假象。

　　得知实情后，拆迁人员十分气愤，要报警将这帮意图造假骗补偿的人抓起来。

　　唐景瑞制止了他们。他认为，在农村受传统的祭祖习俗、风水习俗、"鬼神"习俗的影响，很多老百姓不会去打老祖宗的主意，并且很忌讳动祖坟的，那些铤而走险出卖"老祖宗"的行为不是主流。史氏兄弟只是想图点小利，没有对社会造成什么危害，应以批评教育为主，于是，便让村干部把史大成等人请进了镇政府。

史大成兄弟几人听村干部让他们到镇政府去谈拆迁之事，个个喜上眉梢。他们早就盘算好了，拆迁一个金埕补三百元，二百多个就是六万多元。

在镇政府一个小会议室里，唐景瑞让人给史大成倒茶派烟，聊起了家常，话题不知不觉地聊到了马安的史氏家族。

"你们的史氏宗祠在马安镇来说算是比较气派的，应有一百多年历史吧？"唐景瑞问道。

听到镇长的赞扬，史大成心花怒放，得意地说道："那是，在马安镇我们史氏一族那是比上不足比下有余的。听老人说，我们的先人两百年前就在马安镇这里安家了。"

"哦，这么说来，从你移居马安镇的先祖算起，平均三十年为一代人，那你们史氏一族在马安镇至今算起来也繁衍了七八代人了，可把你们的爷爷、奶奶、爷爷的爷爷、奶奶的奶奶都算上去，怎么算也算不到你们死去的先人有三百多人啊。"唐景瑞意味深长地看着史大成，缓缓地说道。

史大成闻言愣了愣，做贼心虚地解释道："有的有的，是有三百多人。"

"你说大话！"唐景瑞突然厉声说道，"这三百多人是怎么来的？你是把你宗族的活人都算上去了吧？"

史大成就像被扇了一巴掌，脸上火辣辣的。他没料到唐景瑞还没谈到坟地的拆迁问题就先将了他一军，不禁出了一身冷汗。他咽了几下唾沫，支支吾吾地不知说什么好，把眼神转向他几个兄弟、堂兄弟。

其余人也没想到唐景瑞会突然单刀直入，直接点穴他们的要害，个个脸色发白，像让人扒光站在那里一样慌了神，你看我，我看你，不知如何作答。

"答不上来吧？"唐景瑞的目光从几个人的脸上扫视一遍，严肃地说道，"要想人不知，除非己莫为。你们几个是给猪油蒙了心，给金钱遮了眼，可你们宗族的其他人心胸可是敞亮的，他们非但不跟你们同流合污，还积极配合政府调查了解史氏宗族里的真实情况。我们已经查清楚了，你们在马安镇的一大家族，就算把活着的人都算上去，也没有 300 多人。你们这样做岂不是在诅咒家里活着的人，在诅咒自己吗？你们以为摆在金埕里面的那些骨头是什么我们不知道吗？你们的行为是在辱没先人，是在说自己的老祖宗就是猪就是狗啊，你们怎么能做出如此不孝之事？怎么敢赚如此不义之财？将来有什么脸面去见你们的列祖列宗……"

唐景瑞的话句句振聋发聩，史大成等人个个羞愧地低下了头。

## 三、"黑脸"与"红脸"

马安镇的拆迁工作中，有一个特别的分工，那就是谁扮"红脸"，谁唱"黑脸"，到了哪个阶段要唱"黑脸"的人上场，到了哪个阶段要唱"红脸"的人上场，都有一套完整的"剧本"。

"谁都想做老好人唱红脸，都不想做'黑脸'，可做老好人推动不了拆迁工作啊！"唐景瑞感慨地对笔者说道。

马安镇有两个难通户。这两个难通户都是村里面的土地承包户，一户外号叫"客家仔"，是个外地来的养猪专业户，另外一户叫黄国华。

拆迁项目启动以来，"客家仔"就一直漫天要价，不肯搬迁。唐景瑞通过调查了解，得知"客家仔"养猪场的这块地是从他人手中转买过来的，虽然他们转让时有签订合同，却没有到相关部门去办理过户手续。考虑再三，为了快刀斩乱麻，唐景瑞决定"黑脸"出场。他找到"客家仔"，直言告诉他，按有关规定，临时建筑的有效期是两年，所以他这个经营了十多年的养猪场实际是属于违规用地，违法建筑，他不配合拆迁，那他们就要强制拆迁。经过了前一段时间的拆迁谈判，"客家仔"以为自己已经摸透了拆迁干部的想法，断定他们不敢乱来，于是照旧不理不睬。唐景瑞看"客家仔"在限定的时间内还是没有任何动作，于是安排进行强拆。首先靠近大马路边的招牌、围栏给拆了，然后再将那些空着的猪舍也逐一给推倒了。他明确无误地告诉气得发抖的"客家仔"："今天你同意，我拆，不同意，我也拆！我们是阳光拆迁，你可以用手机把我们今天的拆迁过程给录下来，有不妥的，你随时可以走法律程序。"

"客家仔"没有录像，他看着那些猪舍一间一间被推倒，慢慢泄气了，沮丧着脸走到唐景瑞的面前："唐镇长，我的猪舍就这样给你们强拆掉了，今天很没面子。"唐景瑞也毫不客气地回应道："我身为一个镇长，代表着全镇人民的利益，没能做到以一种平和的方式来解决问题，而是搞到要大动干戈，我今天也很没面子！""客家仔"领教了唐景瑞雷厉风行的处事方法，知道自己再这样下去也没好处，便低声请求道："唐镇长，我同意拆迁，请你再给我一个星期时间，我自己来拆，好吗？"

得饶人处且饶人。唐景瑞见他软了下来，本着人性拆迁的原则，同意了他的请求："我知道你办起这个养猪场也十分不容易，只要你同意拆迁，那就给你一个面子，希望你到时也能给回我一个面子！""客家仔"松了一口气，不到一个星期就把自家的养猪场拆完了。

另一个"难通户"黄国华跟村里承包的土地刚开始也是养

猪，后来因为污染问题被关停了，就改为种果树和养鱼，置起了许多物产。

他这个拆迁项目，最初评估出来的拆迁补偿是 160 万左右，后来评估公司和财政局给出的评估价是 300 万左右，相差了差不多一倍。唐景瑞接手这个项目后，把相关的所有资料拿出来研究一遍，然后又把之前负责这个项目的工作人员和评估公司都叫过来了解情况，心里有了个底——这又是一个模棱两可的补偿问题。他明白政府的拆迁工作人员不是裁判员，而是做思想工作的，裁判员是国土局。拆迁人员要想顺利拆迁，就要想办法维护拆迁户的合法利益。那些可以得到补偿的东西，拆迁工作人员要想方设法替拆迁户找补偿依据。唐景瑞拿起他面前的一个茶杯，告诉笔者："比如这个杯子，价值 10 元，拆迁户说这个杯子是他的，但目前的证据又不足以证明这个杯子是他的，可说这个杯子不是他的，又说不过去，毕竟这个杯子一直都是他使用的。现在出现这种模棱两可的情况，正是因为之前分管这项目的拆迁工作人员没有站在拆迁户的角度考虑问题、解决问题，从而导致拆迁久拖不决。我们的拆迁工作人员要帮拆迁户想办法证明这个杯子就是他的，让他感觉拆迁人员是帮他的，他的心才会向政府靠拢。"唐景瑞这次扮演"红脸"角色，带着拆迁人员一起帮助黄国华想办法，找补偿依据，同时，他也坚决死守红线，不该赔付的一分也不能给。最后，在唐景瑞的努力帮助下，黄国华顺利地得到了他应得的补偿，就满意地拆迁了。

## 四、邪不压正

征地拆迁赔偿款在某些人看来是一块难得的肥肉，想方设法都要从中分得一杯羹。在马安镇另一个特大拆迁项目——惠州110千伏输变电及配网工程项目中，就有一些涉黑势力怂恿勾结一些村民，强势介入到征拆中来：一个占地仅6平方米左右的电线桩用地，拆迁户竟敢要价40万，不按他们的要求补偿，就休想征到地，可谓胆大妄为。工程项目也因此陷入停顿状态，局面非常被动，国家遭受巨大的经济损失。

面对这股黑恶势力，马安镇领导压力山大：上级领导不满意，质问为何这样的事情久拖不决？马安群众不满意，黑恶势力横行就是政府不作为！马安镇的村干部也不满意，镇政府任由这些黑恶势力胡来而不制止，下面人员又如何敢出头？种种涉黑问题都在考验镇里的主要领导。

唐景瑞出任镇长之后，一个一直暗中染指马安相关拆迁项目的混混头目李耀祥，通过各种渠道警告他，说他在市里省里，甚至是在北京都有人，让唐景瑞醒目一点，否则让唐景瑞吃不了兜着走。唐景瑞对此嗤之以鼻。越规者，规必惩之；逾矩者，矩必匡之。党纪国法一直都是不可触碰的高压线，任何人都没有逾越法律的特权。但唐景瑞认为在时机不成熟的情况下贸然出击，打不中要害，这些害群之马很快就会卷土重来，贻害无穷，这又如何能给马安民众创造一个良好的治安环境？唐景瑞不动声色，按兵不动，暗中却不断收集他们的犯罪线索，与他们不断周旋。在掌握充分证据之后的一个早晨，唐景瑞联合市里的公安部门迅即出击，把李耀祥等黑恶势力一网打尽。刚把李耀祥抓起来，果然有一些来自市里和省里的说情电话打给唐景瑞，甚至北京也有人向他"询问"此事。可唐景瑞都一一给顶回去了，说案件现已经交给公安部门，一切由公安部门来处理。

邪不压正。在李耀祥等黑恶分子给关起来之后，那些想靠黑恶势力诈取政府赔偿的村民见唐景瑞敢硬碰硬，全都乖乖地配合拆迁了。

## 五、"打断骨头连着筋"

马安镇西山村有一对兄弟，因一些家庭琐事反目成仇，多年互不来往。市里有一个工程项目要征用他们两家一块共有的土地，拆迁人员找到哥哥林来财，林来财说："我同意，我弟不同意。"找到弟弟林来福，林来福说："我同意，我哥不同意。"谁也不愿意在拆迁协议书上签字。唐景瑞了解情况后，知道他们是有意"踢皮球"。想要顺利征收土地，首先要化解他们兄弟之间的矛盾。

一天，唐景瑞在饭店里订了间房，分别让人去通知两兄弟过来吃饭。同桌的还有两兄弟的亲戚和村干部。来之前，兄弟俩都不明就里。哥哥林来财先到，弟弟林来福后到。林来福跟着一个村干部进到房间，见到哥哥也在里面，顿时僵在那里。林来财见弟弟来了，嚯的一声站起来就要走，唐景瑞快速地站了起来："阿财，你干什么去？"林来财的脸此时已经由红色变成了铁青色，公牛似的闷声吼道："我有事要先走，我……"正说着，一眼瞥到唐景瑞那张严肃的脸，又像吞米丝似的把后半句话吞了回去。

"你给我坐下！"唐景瑞不容分说道。

林来财喉咙动了几下，在镇长面前终究没敢再说什么，只好老老实实地坐了下来。

而在门口处的林来福则像一个做错事的孩子，扎着手站在门口，不知所措。

"阿福，你也进来坐。"唐景瑞让林来福坐到自己的另一侧。

待所有人都坐定之后，唐景瑞从口袋里摸出一包烟，抽出两根，一根递给哥哥，一根递给弟弟，说道："我清楚你们兄弟俩现在心里想什么，没错，今天这餐饭，就是为了化解你们兄弟之间的矛盾！"

林来财接过烟掏出打火机，点了几下才把烟点着，猛吸几口后，心情才稍微平复下来。

林来福也拿着烟不安地看着唐景瑞："镇长，这……这事竟然要劳驾你来处理，真是非常抱歉！"

唐景瑞看了看哥哥，又看了看弟弟，一字一顿地说道："家和万事兴，吵斗散人心！你们兄弟俩都是同一个妈生的，何必闹得像仇敌一样？"

据唐景瑞的了解，其实这两兄弟之间也没有什么深仇大恨。兄弟俩各自结婚成家后虽然分了家，但因为各自家里都穷，没办法分出去住，应了梁启超《论私德》里的那句："始而相规，继而相争，继而相怨，终而相仇。"妯娌之间因为一些鸡毛蒜皮之事经常争吵，进而各自吹枕边风，搞得兄弟俩开始是互相指责，然后是恶语相向，最后变成了仇人一般互不来往。

"是啊，自家兄弟到什么时候都是自家兄弟，打断骨头都连着筋呢。""打虎不离亲兄弟，上阵要靠父子兵！""勤劳不受穷，团结不受欺！"……在座的也都你一言我一语地劝解两兄弟。兄弟俩在大家的共同努力下，终于冰释前嫌，解开了多年的心结，欢欢喜喜地喝起酒来。

顺利完成这个拆迁项目之后，唐景瑞还特意到他们兄弟家做回访，看到和好如初的兄弟俩，唐景瑞内心比做通任何"难通户"的思想工作都要欣慰。

## 六、"我要拆迁干部做女婿"

在"惠州110千伏输变电及配网工程"项目拆迁中，还发生过一件十分有趣的拆迁事。

有一个名叫刘长青的拆迁户，一直拖着不谈拆也不谈赔。分管此项目拆迁的镇环保所的工作人员无数次上门做工作都签不下来，最后只得把情况向镇领导做了汇报。

镇长唐景瑞听了汇报之后，觉得事情有些蹊跷。这个拆迁户被征收的不是房屋建筑物，也不是果园，只是一块地，并且是块旱地。按照以往类似的征地，只要补偿合理，是最容易解决的。可这拆迁户为何不配合呢？为此，他决定亲自上门，看看这个拆迁户葫芦里到底卖的是什么药。

一个傍晚，唐景瑞带着万会胜、丁西敏等负责此片拆迁的工作人员来到了刘长青家。刘长青身高不到一米七，穿着一套洗得掉色的蓝色衣服，黝黑清瘦的面庞，厚厚的嘴唇，一副老实巴交的庄稼人形象。他妻子胡彩云虽然也是农妇装扮，但相貌端庄，比丈夫更有精气神。刘长青夫妇跟以往一样，十分热情地把唐景瑞一行迎进家里，殷勤地斟茶倒水，还不由分地从冰箱里拿出一个大西瓜。唐景瑞还没遇见过如此热情的"难通户"，心里越发好奇起来。他环视了刘长青的客厅，发现墙边竟然摆着一部陈旧的风车，便以此为话题谈了起来："这实木做成的风车很不错啊，现在农村里已经很少见到了，现在的风车大部分都是压缩板做的，虽然轻巧，却不耐用，用几年就坏了。"

"这风车是我嫁过来时，娘家给的嫁妆。"胡彩云见唐景瑞说起她家的风车，颇为自豪地说道："那时候，姑娘出嫁，娘家人通常都是送些实在物品，条件差的就送大镜子，保温瓶，条件好的就送手表，缝纫车，最豪华的也就是送部自行车。而我娘家就送给我一部风车，不算好，也不算差。我年轻时农村的日子清苦，煮菜时，拿筷子往油瓶子里蘸蘸，在菜里搅搅，就算放油了，吃盐也是用手指甲挑一点点出来，多了都不敢放，没钱买盐……嘿嘿，现在大家的生活条件都变好了，如果我女儿结婚，我可要送她们像样一点的嫁妆，我和老头子的想法是一人送一部汽车，或是给个十万八万的帮她们付个首期，可不能让她们嫁得寒碜……"

哇，还真是大手笔啊！唐景瑞等人纷纷点赞两夫妻，表示像他们这样的岳父岳母可真不多，在农村里更是凤毛麟角。得到肯定的胡彩云越讲越来劲，喋喋不休地说着家长里短。唐景瑞不便打断她的讲话，只好耐着性子听着。而刘长青则在一旁不停地添茶倒水。唐景瑞等人不一会儿喝得憋不住了，纷纷表示要找厕所放松放松。

胡彩云起身把他们领到一个偏房里，屋内有一个大大的便桶。唐景瑞等人也不介意，在农村里这可都是耕田种地的上好农家肥，要好好收集起来。

唐景瑞解完手出来，却见胡彩云正站在门口外面倾听着什么。唐景瑞不禁好奇地站住，也凝神听听有什么特别的声音。可听了一会儿，没发现有什么异响，正想转身离开，却被胡彩云悄悄拉住："唐镇长，你听，这声音多响亮啊！"唐景瑞愈发奇怪，又仔细地听了听，还是没听出什么异常的声音，纳闷道："哪有什么响亮的声音啊？"

"撒尿，撒尿的声音！"胡彩云一边听一边低声兴奋地说道，"你听听这位后生哥撒尿的声音，咚咚直响，他的肾一定很好！"

唐景瑞闻言大窘，自认见过世面的他怎么也没想到一个乡村妇女竟然会对一个男人撒尿如此感兴趣，并且毫无忌讳之心和羞涩之态。想到自己刚才撒尿的声音也给这妇人听到，不觉脸上一阵燥热。胡彩云却没理会他的尴尬，又低声问道："唐镇长，这个后生哥今年多少岁了？有没有结婚？我想把我的女儿嫁给他！两个女儿任他选！"

唐景瑞听了她的话，心中更觉惊奇，为了解胡彩云的古怪想法，他建议到院子外面去聊一聊。

"多好的一个后生哥啊，唐镇长，如果他愿意做我家的女婿，一切好谈！"胡彩云来到院子门外，兴奋不已。

"哦，此话怎讲？"唐景瑞一头雾水。

原来胡彩云有两个女儿，从小就懂事听话，对父母也很孝顺，如今大学毕业后都在惠州工作。可两个女儿长相漂亮，又知书达理，却不知为何姐妹俩到现在还没有男朋友。眼瞅着她们就要变成大龄剩女，刘长青夫妻看在眼里，急在心里，不断给两个女儿敲边鼓："你们还不赶紧找男朋友，当心嫁不出去啊。"而两个女儿都回应没有找到合适的人。刘长青夫妻心里不淡定了，便暗暗地替她们物色对象，邻里街坊，田间地头，但凡有单身的年轻男子，他们都会借机搭讪，了解人家是否已婚，给村里的媒婆送了不少礼物，媒婆为女儿安排了好几次相亲，可都是没有下文。

胡彩云家的一块地，正好在惠州大道项目征拆的红线内。胡彩云夫妻俩都是本分的农民，刚开始他们对政府征收家里的地并没有什么特别的想法。可当胡彩云看到上门来做拆迁动员工作的万会胜、丁西敏等人时，不觉眼睛发亮：个个长得年轻帅气，身体健康，如果他们能做女婿，那该多好啊。于是，为了给俩女儿创造机会，胡彩云和她的丈夫就不急着签订土地征收协议了。得知万会胜他们要上门来做工作，就赶紧让女儿们回家跟拆迁人员

"培养感情"。

万会胜、丁西敏等人不知胡彩云夫妻的心思，看到惠州大道东段工程的征地拆迁工作逐渐进入尾声，胡彩云夫妇却还是没有半点要签订协议的意向，于是登门的次数就更加频繁。可胡彩云夫妻每次见他们上门来都非常开心，异常热情，又端茶又倒水，甚至还要杀鸡宰鸭留他们在家里吃饭，但就是只字不提征地之事，或者万会胜他们一提到拆迁，他们就岔开话题。万会胜等人拿这户不说原因，不提要求，又死活不签订征地协议的"难通户"实在没有办法，最后只好请镇领导出马了。

唐景瑞静静地聆听着胡彩云讲述，心里顿时明白了怎么回事。可怜天下父母心。他知道自己这几个得力干将要么已经结婚，要么已经有稳定的女朋友，跟胡彩云女儿谈对象的机会不大。于是，他婉转地跟胡彩云说明了情况。

胡彩云听了唐景瑞的实话之后，失望之情溢于言表，喃喃说道："多好的后生哥，可惜，可惜啊……"

唐景瑞见状安慰道："胡大姐，你不要难过，也不要焦急，我看你夫妻俩都是憨厚老实人，女儿也肯定很优秀，找个好婆家应该不成问题。"并当即表示，他愿意帮忙留意身边的未婚男士，如有合适的，一定会为她女儿牵桥搭线。

能得到镇长的帮助，胡彩云顿时眉开眼笑，心想镇长人脉广，层次肯定也不低，说不定女儿到时能嫁个公务员。为此，她又要杀鸡宰鸭留唐景瑞等人在家吃饭。唐景瑞婉拒了她的好意："胡大姐不用客气，你们能多多支持政府的工作，那就是对我们最好的感谢。"

胡彩云连连点着头说道："明白明白，一定支持，一定支持！"说完当即让丈夫在拆迁协议书上签名。

　　唐景瑞回到镇政府后，把万会胜等几个年轻人叫到了办公室，交给他们一项特别的工作任务：平时多多留意身边未婚的小伙子，为胡彩云的女儿物色对象。

　　相信有唐景瑞等人的热心帮助，胡彩云两个女儿好事将近了。

　　马安镇的拆迁工作在镇长唐景瑞的带领下，始终坚持领导在一线指挥、干部在一线工作、问题在一线解决的"一线工作法"，发扬钉子精神，敢于动真碰硬，敢于啃硬骨头，攻坚克难，抓住重点，精准发力，做细做实群众工作，打通项目推进中的"梗阻"，顺利地完成各项征地拆迁任务。

# 第七章　我可敬可爱的父老乡亲

老百姓是水，水能载舟亦能覆舟。我党的历史上，就是依靠人民群众，打败了国民党八百万正规军，取得了中国新民主主义革命的伟大胜利。惠城区政府在征拆过程中，始终依靠群众，发动群众，与当地群众建立了良好的干群关系，让征拆中始终闪耀着人性的光芒，赢得老百姓的理解和信任，使拆迁工作得以顺利进行。下面几个典型案例可略窥一斑。

## 一、明白人香婶

丘桥叔是惠城区河南街道马庄村人。他既不是村干部，也不是党员，却在补偿款没进"腰包"的情况下，率先把自家的房子给拆掉了。这样的先进典型值得记录一笔。

丘叔的妻子钟大香在家门口热情地迎接笔者。香婶50多岁，一望而知是一个勤劳善良的女人，腿脚利索，嘴也利索。她告诉笔者，丘叔给他们家的商店进货去了，稍后就回来。

丘叔家在拆迁中获得了一块回拨地和一百多万元的补偿款，他们就用这笔钱在回拨地上又重新建起了一栋五层楼房，一楼做商铺，二、三、四楼出租，五楼自家住。一个月光商铺和出租房收入就有五六千元。

香婶带笔者走进五楼的住家，给笔者倒了杯茶，之后她搬张凳子坐在面前叙起了家常："你看我们现在的生活过得很滋润，以前的日子可苦了！"香婶开腔就无限感叹。

香婶是广州海珠区人，用当下时髦的话讲，她是为爱下嫁。"我是一个国有企业工人，在一家纺织厂上班，年轻时，好多人给我介绍对象，有干部，有工人，也有当兵的，还有一个科级干部，但我都没看上。1988年，我骑车上班路上不小心摔破了膝盖，血直流，刚好遇见到广州走亲戚的老丘，他二话不说，背着我就上了医院。天不转水转，这叫缘分，我和老丘就这样认识并好上了。那时我连惠州在广东哪个地方都不知道，听老丘说惠州是个地级市，想想应该比广州市差不了多少，没想到跟他来到惠州一看，傻眼了，这是什么地级市啊？城旧、路窄、楼矮，街道屈指可数、公交车没几辆……我们这马庄村更不用说，那就是地道的农村，到处都是池塘、荒坡……"香婶提起自己第一次来惠州时的情景，话匣子根本关不住。

还好，心地善良、憨厚老实的丘叔和美丽的惠州西湖最终还是把香婶这个大城市的姑娘给留下来了。

"农村就比城市穷些嘛，穷也没什么，不过是吃稀一点，穿差一点。"嫁鸡随鸡嫁狗随狗，嫁给农民遍地走。香婶嫁到马庄村，放下城里人的身份，和丘叔一条心艰苦奋斗。"改革开放，那时政府号召发家致富，叫我们老百姓发财，过了这个村，就没了这个店！"他们趁着改革开放的春风，撸起袖子拼命干。他们承包村里的鱼塘养鱼养鸭，承包村里的土地种甘蔗、花生。"惠州的南山脚下有一块荒坡，到处是荆棘和茅草，没人要，我家要了。荒坡一半石子一半土，适合种花生。我和老丘带着孩子们在地里日忙夜忙，第一年就收了将近五千斤花生，我家的养殖和种植收入也都不错……广州的姐妹来惠州看望我，她们都是工人，吃商品粮，炫耀她们一个月有百十块工资，我心里暗笑，就那点钱，充其量只是我家收入的零头……"伶牙俐齿的香婶颇为自豪地说道。

进入 21 世纪，位于惠州市郊的马庄村成为惠南片区经济炙手可热的地方。香婶从中嗅到了商机，毅然洗脚上田。她看到村旁的惠南路车水马龙，便在路边开了家商店，诚实经营，生意蒸蒸日上。随着惠州惠南片区的蓬勃发展，不出几年时间这里迅速发展成为高楼林立的都市，马庄村成为城中村。丘叔家因为城中村改造和市政道路建设，需要拆迁。

"我们作为普通百姓，之所以带头拆，并不是说我们的觉悟有多高，而是我们觉得第一个拆迁的人肯定不会吃亏，如果第一个带头拆迁的人补助款都兑现不了，以后肯定也没人响应了。"香婶说，她夫妻俩和孩子们商量好，便决定带头拆，政府工作人员来家里测量拆迁面积，拍照的、摄像的、测量的……丘叔香婶一家子都是积极配合。"后来证明我们的做法是正确的，政府果然是'一把尺子量到底，不让老实人吃亏'，我们不仅拿到了应得的补偿款，还得到了一笔奖励金……"香婶得意地说道。

香婶不仅带头拆迁，还在村里义务当起了拆迁政策宣讲员，带着拆迁工作人员去拆迁户家做动员工作。香婶是从大城市来的，嘴巴能说会道，在村里的妇女中很有威望。

"城中村改造和道路建设都是大好事，可以改善我们的生活环境，别的村盼都盼不来，我们怎么能不支持呢？我可看不惯一些钉子户的所作所为。"香婶还绘声绘色地给笔者说起她动员一个钉子户的故事。

"村东头的丘志喜，人是非常勤劳本分，看我家养鸭能挣钱，他也养，头一批买了五百多只鸭苗回来养，不到半个月几乎全部死光。鸭子风吹雨淋不懂得呵护，鸭子坏肚子不知道分辨，只知道喂食。后来他跟人借钱又买了一批鸭苗，但还是跟以前一样。我不忍心看着他再赔本，便过去指点一番，终于存活了一半，不赚也不亏。第三批在我的帮助下，成活率达到了百分之九十以上，就开始挣钱了，对我特感恩，见到我嫂子长嫂子短地叫，还时不时偷偷地给我家送点蜜糖、红枣之类的东西。"香婶喝了口水继续说道，"为什么说他是偷偷呢，因为他怕老婆，是软蛋一个，娶个老婆像供个祖宗。他老婆春娇，在惠州城里长大，人如其名，无比娇气，仗着自己是城里人就瞧不起乡下人，不仅好吃懒做，还不愿意下地干活。整天穿着不同样儿的衣裳，有事没事骑辆女式摩托车进市区溜达，数码街、步行街，这商场那超市的到处逛，不落屋。老公在田里累得像头驴，她宁愿坐在一棵树下看蚂蚁爬树也不去帮忙。这次拆迁，志喜家那栋拼死拼活建起来的二层楼房也在拆迁之内。政府拆迁的人员过来测量估算好了，能赔个一百多万，这拆迁补偿款也算合理。噫，没想到平时十指不沾阳春水的春娇却来劲了，狮子开大口，非要人家政府赔她家250万，还唆使一些村民一起来对抗拆迁。原本我们村很快就有一条宽畅的市政道路，却因为她，拆了三分之二就推不动了，工期一拖再拖，不仅害苦了政府，也害苦了村民，一下雨，路上稀泥二尺深，村里人进出都得蹚泥糊。我气哟，看不下去了，一天在街上把她拦住了，跟她论理，教训她不要为一己私利耽误一整村人。她别人不怕，但怕我，因为我也是城里来的，而且是大城市广州，身份比她高。刚开始，她还敢跟我对骂几句，骂我狗拿耗子多管闲事，后来就躲着我，我就带着拆迁干部到她家去。弓是弯的，理是直的，她后来服了，乖乖地把房给拆了……"

末了她对笔者说："不要宣传我们，我们不是积极，是积福行善，不算什么事……"

## 二、网名"鹅城的春天"

惠州老海关搬迁后，口岸局原址上的旧宿舍楼也要拆迁。拆迁小组偏偏遇到一个能说会道的拆迁户。他们费尽周折说破嘴皮，硬是说不过这个自称为自己合法权益据理力争的难通户。从 2012 年 6 月 21 日惠州市丰捷口岸发展有限公司下发第一份征收通知书起，双方就僵持了两年多。2014 年 10 月 26 日惠城区政府又发布了一份征拆公告，政府要改造这一带的道路。之前与开发商和拆迁办斡旋两年多的这个拆迁户让征拆工作人员头痛不已，又无可奈何。然而，滴水穿石、春风化雨。政府公告发布后，又经历了两个多月时间，双方慢慢从对立到理解、到握手言和，后来还成为朋友，一个拆迁难通户现在还成为拆迁义务宣讲员。它让拆迁这个敏感而又生硬的词汇变得温暖而有情感，是惠州拆迁史上的一段佳话。

2018 年 4 月 13 日这天，当约访对象张惠真出现在笔者面前时，还是让人略感意外，跟之前在脑子里描摹过的形象大相径庭。这是一个四十出头，中等身材，敦实，浓眉大眼，面相和善的阳光青年，一副眼镜更显出几分斯文，怎么也与"难通户"扯不上边。这个心直口快的人未等笔者开口，就开门见山，滔滔不绝地讲起曾经的往事。

张惠真祖籍潮阳，1989 年跟随部队转业的父亲来到惠州。潮汕人仿佛与生俱来就有做生意的天赋，一家人在惠州做粮油和饮料批发生意，小小年纪的他就已经很有生意头脑了。2006 年，惠州老海关搬迁，他在口岸局临街的宿舍楼一楼看上一个铺面，正对着车水马龙的鹅岭南路，当时租这里的老宿舍楼，一套月租约3000多元，他看上的这套房位置和朝向最好，盘算了一下，果断花10多万元买下一间80多平方米的房子，经改造后就在此开店做批发生意。

2012年6月21日一纸征收通知书下来，开发商要建商品楼，张惠真所在的这栋七层高的楼正属拆迁范围。通知书要求所有住户自通知下达之日起到9月30日全部搬离。因房子是口岸局单位的宿舍楼，通知下发后口岸局本单位的住户们纷纷搬离，唯有他和几个外来户不肯搬离，因他们不属福利房，所以不同意跟口岸局原单位住户的同等赔偿条件。他所买的铺面价格一平方米与楼上住户的赔偿价一样，一平方米5000元。"我们当然不会同意了，按国家相关规定，房屋的使用情况不同，赔偿价也不同，商铺和住宅的赔偿价怎么能一样对待呢？何况我这是黄金朝向的档口，怎么能与住宅等同呢。我想不通，当然不会同意。"

龙丰街道办的征拆工作小组从此成了他家的常客。无论他们如何说破了天，他就是不同意。论口才，他们还真不是这个大学学营销学的年轻人的对手，何况他咨询过不少相关单位，都认为这种赔偿不合理，他的心里才有底，所以坚持不搬。当楼上的住户纷纷搬走，仅剩下一楼和楼上个别住户时，楼里的电和水也都停了，他还照样开门营业。

一天，张惠真来到龙丰街道办办事，看到他们的办公环境时很是感慨，他回忆起了当天的情景："那天我去街道办办事，看他们的办公桌凳都很旧，去趟洗手间方便更是让我大吃一惊，简直不敢相信一个堂堂的街道办，公共设施和环境竟是如此不堪，卫生间设施因年久失修，有的抽水马桶早就坏了，上面的污垢很厚，里面真是又脏又臭，这让我难以想象。回到办公室问了才知，因办公经费有限，街道办暂时还没有钱进行改善。这才知道，街道办虽属政府部门，可每花一分钱都要有严格的审批，不像自己之前所想的那样，官商勾结，贪污拆迁赔偿款。"

人心都是肉长的。张惠真开始理解基层征拆工作人员的苦衷和艰难。之后张惠真避开龙丰拆迁组，向上一级单位反映他的合理诉求。他还告诉笔者："2014年10月惠城区政府又贴出一纸公告，就是惠州仲恺大道及鹅岭南路道路改造工程项目国有土地上房屋征收决定的公告。这次是政府征用这块地，规划线又画在我的铺位上。我当时想这下好了，政府是讲理的，我主动在网上发帖，希望政府早点接管我们拆迁。当接到政府给出的赔偿方案时，我又傻眼了。补偿款一律按每平方米4000元征收。按理应赔我200万的，这下变成了40万，开发商把我这个皮球踢给了政府。因为7层楼里剩下的一些住户都是原单位的，他们不敢耽搁，纷纷搬离，最后只剩下我一家。我怎么也无法想通，我是三证齐全的商铺，凭什么按住户赔偿？我决定不签字！谁也不能违法强拆。我拿着证件不停地找规划局、城区法制局和相关单位。我还拍了许多商铺平面图，安了监控录像，准备遇到强拆就放到网上曝光。因为我在网上一直都比较活跃，曾经先后两次被惠州文明办聘为城市义务监督员。从一开始我就用合法手段力争我的合法利益，从不胡闹，不做违法的事。拆迁人员也无法说服我。说实在的，我当时压力也非常大，我不让父母出面，生怕老人插手会使情况变得复杂，所有的压力我一个人默默地扛着，感觉心很累。晚上经常睡不着觉，就听音乐打发时光，让自己安静下来。"

他说起开窍那一闪念，缘于2015年1月12日惠城区组织的那场"难拆迁人员见面会"。他说："见面会由副区长亲自主持，区政府各部门有近 20 多位负责人到场。加上我们 30 多个难通户有 60 多人。见面会的气氛有些紧张，副区长突然开口说：'哪个是张惠真啊？听名字好像是个女的嘛。'我应声道来：'我是男的啊，就像我的名字一样善良，真诚。'大家听了都笑了，气氛也缓和了。接下来他掏心窝子的话对我震动很大。他向我大吐苦水，这是我不曾料到的，他推心置腹地说起基层征拆工作人员的艰难不易，'时间不等人啊，现在许多大项目开不了工，多耽误一天，国家的损失就多一些。赔偿规定不是征拆工作人员定的，他们也是按规定依法赔偿的，不是哪个人说赔多少就可以赔多少的。他们能为你们争取的都争取了，你们就是拿刀子逼他们也拿不出你们各自想要的赔偿款啊，我们区政府也真的拿不出钱给你们啊！'他的话已让我有些感动了，当他认真听完我的具体诉求后说：'你的情况的确有些特殊，你看这样行不行，咱们以房换房，我们把重建东坡祠和宾兴馆一带的住户安置在河南岸 6 号小区，等安置房建好了给你换一套同等面积的商品房，现在那儿的房子虽不值钱，但那个地方今后肯定是会升值的，我这做副区长的权限就这么大，只能帮你这么多了，再多就要从我的工资里补了。你再想想，你不搬，那条路就通不了，桥建不了，每天有多少人出行困难啊？何况，这钱也是挣不完的！'堂堂一个副区长话都说到这份上了，我被他的真诚和苦衷打动，原来政府也有这么多不得已啊，我不能再因个人利益为自己喜欢的这座城市添堵了，当时就像突然开窍似的，当场就在征收与补偿安置协议书上签下自己的名字。之前坚持的两百万赔偿，就这样聊着聊着一百多万就没了，但我还是豁然开朗。因为钱是挣不完的！签完协议后在没拿到任何赔偿费用时，我主动给拆迁部门打电话，让他们来拆房，免得再因为我影响公路建设。"

说起张惠真，还真不是个唯利是图的个体经营者。他非常讲义气，也乐于助人，深明大义。他爱这座城市，网名"鹅城的春天"，他要让自己生活的鹅城像春天般温暖。而且数年来他在西子网站上一直坚持传递正能量，尤其关注环卫工人，近年来每到春节来临，他都会封 50 个红包，开车到街上送给环卫工人。很多人会问是不是代表政府来慰问的？他都自豪地说："我谨代表一个普通的市民对你们表达敬意和节日问候。一次给一个老人红包时，老人得知是我自己派的，感动地落下泪。"张惠真还自豪地对笔者说："作为一个文明城市的市民，我要尽我所能帮助需要帮助的人。"他也的确是这样做的。当他拿到首笔 10 多万的搬迁费后，做的第一件事竟是拿出一万多元，自己找来工人，主动为龙丰街道办改善一至七楼的卫生间。或许在两年的接触中，他真切地感受到从事拆迁这项工作真是很不容易，又或许是以这种方式表达自己延误时间的某种歉意和对征拆工作人员的敬意吧。

张惠真从 2010—2017 年连续两次被"文明办"聘为城市义务监督员。拆迁项目结束后不久的一天，他开车经过华贸后面一路段，见市民公园一期建设拆迁工程正在进行中。旧的居民楼已拆得七七八八，现场还剩下几户老屋执拗地伫立在废墟中。他径自走了过去问询情况，几户难通户立马警觉起来，问他："你是政府派来的吗？"他轻松地说："跟你们一样，拆迁户。"对方半信半疑。他诚恳地说出自己被征拆的地点，双方的距离一下就拉近了。他把自己店铺的情况一五一十告诉他们，博得了同情后，他对他们说："赔一平方米一万已经很高了，何况这个赔偿价是统一定的，跟下面负责拆迁的工作人员无关。你们想想政府改造市容市貌，大环境好了，受益的还是我们大家啊。你们早搬大环境早改善，大家早受益。再说钱是挣不完的，你们以后看到我们生活的环境美了，这其中不是也有我们的贡献吗？是不是很值啊？"这就是在拆迁中从难通户到自觉自愿理解支持拆迁工作和城市发展的张惠真，在拆迁中实现了他人生境界的一个提升。

## 三、杨爷山下的"新聊斋"故事

杨爷山位于惠州市惠城区江南街道办事处的下角梅湖片区。

惠州古代名人有"三尚书，四御史，湖上五先生"一说，而声名最著者莫过于"三尚书"：叶梦熊、杨起元、韩日缵。

"山不在高，有仙则灵"。杨爷山本叫官田山，它并不高，却因名人这个"仙"而"灵"。此"仙"便是杨起元。杨起元，字贞复，号复所，明嘉靖二十六年（1547 年）生于归善县城，进士及第，累官至礼、吏部右侍郎摄二部尚书事，是惠州著名的三尚书、湖上五先生之一。杨起元不但是晚明理学的探索者、创新者、实践者，还是与唐顺之、归有光、汤显祖等齐名的"举业八大家"。在惠州的古代名人之中，学术成就最高、思想理论最有影响性的应属杨起元了。

杨起元死后安葬在下角的官田山，明万历四十五年（1617 年），郡人将杨起元祀于乡贤祠，清雍正二年（1724 年），知府吴骞又建五贤祠祀之。旧时惠州府城四牌楼中有一座牌楼刻有"盛世文宗"匾额，就是为杨起元建立的。故杨起元墓所在的官田山就被惠州人称之为"杨爷山"。此后几百年，杨爷山便成为许多惠州人的最后归宿地。

随着惠州城区的不断发展建设，市区里面有很多坟墓、金埕等都要搬迁，惠城区政府便计划在杨爷山原有的墓园附近进行扩充。因此，扩充地上的建筑物及青苗等附着物就要进行拆迁。

一天，办事处书记把庄爱民叫到办公室，对他说道："区里对杨爷山墓园项目追得很紧，你看这个项目谁来负责？"庄爱民马上回答："书记，我来！"庄爱民不假思索地将杨爷山的拆迁项目承揽下来，体现的是一个干部的责任与担当。可他也是一个有七情六欲的普通人，第一次带着工作组进入坟墓、金埕密密麻麻的杨爷山墓园时，心脏也不禁强烈地跳动起来。跟当地的村民聊天，村民的话语里都充满着神秘、奇异色彩。

郑安是一个年届七旬的老村民，他家祖祖辈辈都生活在杨爷山下，他家在山坡上的一个果园正处在征拆的范围内。

庄爱民带着工作人员走进郑安那座低矮的瓦房时，郑安又是斟茶又是倒水，一聊天便开始讲起了杨爷山的故事。

"我家身后的这座山啊，那可是个好地方，要不当年杨起元老爷子选择这里作最后的安身之地，可就是太偏僻了。"郑安感叹道，"这里离市区虽然只有几公里的路程，可直到我长大成人，杨爷山下的村民过的还是非常原始的生活，连电灯都没有，更别说什么收音机录音机了。平常啊，干活没劲儿，吃饭没味儿，夜里没事儿。太阳一下山，小孩子们吃饱饭，疯玩一阵便上床睡觉去了，而我们这些年轻人没事干，又睡不着，便三五成群地去听一些老人讲故事。因为我们这里坟墓多，那些老人就专给我们讲鬼故事。我现在虽然年纪大了，但许多故事都记着呢，也给你们这些年轻人讲一讲。"

拆迁工作组里有胆小的不想听，但见老人家一片好意，便硬着头皮听。

"这杨爷山埋的人可多了，生活在这里的人常常看到有鬼魂出没，有病死鬼、有饿死鬼、有吊死鬼、有淹死鬼……你们进山来可发现有一个大水塘？"郑安向庄爱民他们问道。

　　大家互相对视了一下，点了点头。庄爱民好奇地问道："郑叔，那大水塘怎么了？"

　　郑安故意压低声音："那里有水鬼出没，你们经过的时候可要小心。"他说他的二叔有一回进惠州城去亲戚家喝喜酒，刚回到杨爷山时天就黑了，只有弯弯的月亮清冷地挂在天上。路过那口大水塘时，他喝得晕乎乎的，不慎一脚踩到了一坨牛屎，于是便走到塘边想洗个脚。刚卷起裤脚把腿伸入水中，却见水里"哗啦"一声跳出一个女人，长头发沾在脸上，眼睛像死鱼一样，红红的舌头伸得老长，上来就要拉他二叔下水。他二叔趁着酒劲掏出腰间一根长长的水烟筒就一阵猛打。那女鬼毫无感觉地继续往上扑，他二叔吓得拔腿就跑，水烟筒也丢了，鞋子也不知道甩哪儿了，回到家后便大病了一场。后来才听人家说，附近的山腰上刚刚才埋葬了一个淹死的女人……

　　郑安讲得绘声绘色，庄爱民等人却听得头皮发麻。可老人家却意犹未尽，继续说道："你们不信？我信。我不信神，但信鬼。我自己就曾经见过……"

　　庄爱民等人彼此面面相觑，心里发毛的同时也暗暗地想：这老人家在不停地给他们讲鬼故事，难道是想以此吓退他们不要来征地拆迁？

　　没想到郑安老人家讲了一通鬼故事后，看到眼前这些人给吓得一愣一愣的，非常开心，哈哈大笑起来："我这些都是茶余饭后编出来的新聊斋故事，你们可别当真，想当初我就是这样给长辈们吓大的……你们要征地扩充墓园，我支持！你们想什么时候要地，就过来吧！"

　　庄爱民等人松了一口气，纷纷赞扬郑安老人的鬼故事讲得传神又逼真，同时也对他的支持表示衷心的感谢。

然而，在杨爷山下的另一个拆迁户就没有郑安老人那么爽快了。

这是一家养猪场。养猪场的老板罗文强是杨爷山下的村民，中等身材，体魄健壮，举止稳重，头脑灵活。庄爱民了解到，罗文强从小家境贫寒，兄弟姊妹六人。初中毕业后，他便进惠州城打零工，可多年的打拼仍然没有改变贫困的生活窘境。2000年，他东挪西凑筹集了几千元，在杨爷山下建了简易猪舍，购进10头仔猪，开始学着养猪。由于没有经验，加上那几年的养猪市场行情不景气，罗文强几年下来钱没赚着，反倒贴了本。可他并不灰心，从书店买了一些关于养猪技术方面的书，边学边干，有时还跑到其他养猪场去取经学习，慢慢地摸索了猪的生活习性，掌握了猪的生长特点，仔猪生下来什么时间打什么针，吃什么药，如何预防，如何配制饲料配方，他都虚心向养猪专业技术人员和当地老兽医请教，并结合自己以前养猪的教训，逐步积累了丰富的养猪经验，才扭亏为盈，挣到了一些钱。

要拆迁一个正在盈利的养猪场，罗文强内心非常抵触："我千辛万苦才把这个养猪场给办起来，你们凭什么说拆就拆？"罗文强对前来做动员工作的庄爱民等人不满道。

"罗老板别生气，我们也知道你办起这家养猪场费了很多心血，倾注了很多感情，因此我们政府会给你适当补偿。"庄爱民心平气和地跟罗文强讲政策，告诉他，补偿主要分为四部分：一是拆迁资产补偿，包括无法搬迁的土地、房屋、建筑物和地上附着物，以及确因搬迁而发生损失的机器设备的补偿；二是经营损失或停产停业损失的补偿；三是拆迁费用补偿，包括搬迁前期费用和搬迁过程中发生的停工费用、机器设备调试修复费用以及物资的拆卸、包装和运输、解聘员工补偿费等费用；四是基于拆迁政策发生的奖励费用，包括速迁费、拆迁奖励费等。

　　罗文强听了庄爱民解释后开始并没什么太大的异议，但当看到对存栏畜禽的补偿全部是按普通标准来补偿时，他即时提出了自己的看法："我家肉猪、仔猪按普通标准来补偿，我没意见，我家的种公猪和能繁母猪可是优质的'长白约克'特种猪啊。"他要求种公猪和能繁母猪都要按普通标准的两倍进行补偿。

　　庄爱民为难了，之前没有这样的补偿先例，他只能按照上级的政策来办，不能破例啊。可罗文强却是一直坚持，不给予两倍补偿，就不拆迁。

　　时间不等人，庄爱民一边将情况向上级汇报，一边和罗文强一起到农业技术部门给这些"特种猪"找合理的补偿依据。跑了多天之后，罗文强看到庄爱民放下一切工作来为他争取利益，内心十分感动："算了张书记，我知道你是尽力了，也明白了政府对我这个养猪场的拆迁是公平公正的，并没有刻意降低补偿标准。我也不想再为难你们，就按你们始初的方案吧。"最后，罗文强主动配合拆迁工作组把自家的养猪场给拆掉了。

　　就这样，庄爱民天天带着工作组的同志们白天往山上跑，晚上往村组干部及权利人的家里跑，碰到一些建筑物评估补偿问题协调不了又往市区有关部门跑。仅仅用了一个月时间，他便高兴地向惠城区拆迁督导组报告：杨爷山墓园项目完成了！

## 四、重建的"胡氏宗祠"

　　惠州是一个客家人聚居地。客家作为一支独特的民系，其民风民俗也成为区别于其他人群的独特特征，这种独特的风俗塑造着客家人独特的精神心理，影响着他们的行为方式。

客家人有祖先崇拜习俗。崇拜祖先是中华民族传统文化的重要特征。客家人的祖先崇拜主要体现在他们的祠堂上。每个客家宗族都建有祠堂，这些祠堂最大的特点是"家祠合一"。祠堂是客家人宗族的核心与象征，地位非常重要，它在宗族中的地位是至高无上、不可替代的。

在惠州"惠大高速"建设中，三栋镇就遇到一个需要整体拆迁的"胡氏宗祠"。

尽管"惠大高速"是一条非常重要的道路建设，但在胡氏家族看来，征拆他们的宗祠那就是天大的事情。因此，征拆公告公布很久后，拆迁工作都没有丝毫进展。

这天，拆迁工作人员周培忠在村干部老郑的带领下，又来到了胡氏宗祠。据老郑介绍，胡氏宗祠创建距今已有三百多年的历史。虽然历经风雨，宗祠许多墙面已经剥落，但是从尚存的图案中仍然依稀看到宗祠曾经的气势和辉煌：石础、门墩，简练古朴的木雕，几何纹饰的槛窗，构图明快的砖雕窗，喜鹊卷草形的斗拱，各式山水壁画及图式等。他们的脚步还未到达，远远地便传来一阵低低的哭声。细弱又带着点沙哑，正是从胡氏宗祠里面传出来的。周培忠和老郑不约而同停住了脚步，隐隐约约听到里面一老妇人细碎念叨着什么列祖列宗，什么保佑她家子孙无灾无难、平安大吉等。

周培忠掏出手机翻看了一下日历，发现今天既不是初一也不是十五，这老太太真的很虔诚啊。他透过砖雕窗望进去，只见一个老太太跪在地上，对着面前供坛上的三尊塑像磕头，她眼睛闭着，嘴里一直念念有词。

老太太在祠堂里面絮絮叨叨地念了半个多小时后，才提着一个装有一些供品的篮子从里面走了出来。她脸有横肉，目光冷峻，一看面相就不是个善茬。她走出祠堂大门，见到老郑和周培忠马上脸色一沉，篮子放在地上，卷起袖子双手撑腰，便破口大骂："你们两只'大领昂'，又来想做嘛（做什么）？讲奔（给）你们听，如果敢拆涯丢（我们）的祠堂，涯就捏爆你们'领核'（客家话指男性睾丸）！涯丢老祖宗也不会放过你们，哼！"说完狠狠地瞪了他们几眼，拂袖而去。

老郑告诉周培忠，这个老太太叫胡月菊，出生于这个村子，长大后又嫁在本村，是个地地道道的原住居民，也是这座祠堂拆迁中最强硬的难通户，抵抗拆迁的领头人之一。有一回，拆迁工作组到村委会开祠堂拆迁动员会，胡老太居然带着一把明晃晃的菜刀，早早地来到村委会门面的一条必经之道上站着，神情悲壮宛如一名刀客，村里的狗见了都绕道而行，应约来开会的村民见状赶紧远远躲开，没有一个人敢去开会。一个长得高大结实的拆迁工作人员见状，咬咬牙冒险上前劝阻。胡老太等拆迁人员走近，远远便挥起刀来，嘴里不停地咒骂。后来见拆迁人员准备夺她的刀，便把菜刀放自己的手腕上说："你要是再上前来，涯就放血奔你看！"拆迁人员见状不由得赶紧退了回去。宗祠的拆迁动员会就这样一次次泡汤，时间就这样一天天拖过去。

周培忠等拆迁工作人员知道，如果要拆掉胡氏宗祠，首先要做通胡老太的思想工作。但跟一个斗大的字不识几个的老太太讲拆迁政策以及修路造福百姓这些大道理是完全行不通的，于是，便决定从她的家人入手做工作。通过走访，周培忠了解到胡老太丈夫已经去世，留有一儿一女，儿子已经成家，育有两个孙子，女儿外嫁到了东莞。胡老太的儿子胡志全一直在村里务农，两个孙子也都在村里的小学读书。胡老太尤其疼爱她的那个大孙子，可她的大孙子却是体弱多病，久治不好，于是胡老太经常到祠堂去求老祖宗保佑她的孙子早日康复。周培忠决定从这里入手。他让村干部把胡老太的孙子偷偷地送到市里的大医院去检查，发现孩子得的并不是什么疑难杂症，只是因为家里没钱送去大医院检查医治，就在村里的医生那里随便开些药或是听从一些民间偏方抓些中草药治疗，因为药不对症，拖延下来才导致孩子的病情越拖越严重。周培忠对胡志全说，政府愿意以贫困帮扶的形式医治孩子的疾病，但要胡志全去做通他母亲的拆迁工作。

胡志全同意了，他回去跟母亲编了个谎，称老祖宗们给他托梦了，想住一个更大更好的房子，现在却因为她的阻挠，新房子迟迟建不起来，因此现在怪罪到她的孙子身上了。胡老太刚开始不太相信，但还是听了儿子的劝告，不再去阻挠拆迁人员做其他拆迁户的工作。

胡志全儿子在大医院的专业治疗下，病情慢慢地好转了。不明缘由的胡老太见大孙子近期饭量大增，脸色也慢慢红润起来，以为真的是祖宗显灵，态度立马来了个一百八十度的转变，不仅不再阻碍宗祠拆迁，还协助拆迁人员去做其他对拆迁宗祠有意见的老人家的思想工作："祖宗托梦给我了，他们想住新房子呢！"

数月后，惠大高速公路贯通了，一座占地400多平方米、建筑精美的崭新祠堂也拔地而起。新胡氏宗祠落成庆典之际，周培忠等拆迁干部也受邀参加。庆典活动盛况空前，热闹非凡。如今，胡氏宗祠已成为三栋镇美丽乡村建设的一道独特风景。

## 五、骆记豆腐坊的"全家福"

"来来来，我们一家人和这栋老房子合个影，拍张全家福留作纪念吧。"当骆国华老人泪流满面地呼唤一家大小在那栋凝聚了他夫妻俩无数心血和汗水的两层半楼房前拍照时，现场的人无不为之动容。

小金口街道办事处的拆迁工作人员刘历建端着一部单反相机，放下又拿起，拿起又放下，转身拿出一盒纸巾让骆国华轻轻地擦掉眼泪，说道："骆叔，您别哭，哭了，照出来的相片就不好看了。"却不料他越擦，骆国华的泪水就越是止不住。骆国华的老伴和两个儿子见状，也忍不住哭泣起来。骆国华两个年轻的媳妇也陪着掉眼泪，三个年幼的娃娃见家里的大人都在伤心哭泣，不知发生了什么事，紧紧地牵着母亲的后襟，怯怯地望着周围来看热闹的人群。

此时，站在一旁的小金口办事处舒文俊副书记悄悄地摘下眼镜，深深地吸了一口气，平复了一下内心的波动，上前拍拍骆国华的肩膀说："骆哥，别伤心，您一家为国家为人民作出的贡献，我们都会牢牢地记在心上……"

"舒书记，我是真舍不得我这栋房子啊！"骆国华握着舒文俊的手，泣不成声。

"我都清楚，我都理解！"舒文俊点头说道。

在小金口街道办事处辖区，凡是有点年纪的本地人，都知道"骆记豆腐坊"。凡是吃过"骆记豆腐坊"豆腐的人，无不竖起拇指点赞。

骆国华就是"骆记豆腐"的创始人。骆国华是个外来户，三十多年前，他带着新婚的妻子来到了小金口这片陌生的地方做豆腐卖。骆国华做豆腐的手艺可是祖传的，他爷爷做了一辈子豆腐，他父亲做了一辈子豆腐，他从父辈那里学到了制作豆腐的要诀：同样多的黄豆，能比别人多出两成豆腐，还好吃。他做的豆腐鲜亮亮的，磁艮艮的，煎煎炒炒不破碎。骆国华的"骆记豆腐坊"

很快就有了名气。有个歇后语叫做：麻绳拴豆腐——提不起来。小金口的人都说，骆记的豆腐是可以上秤钩着卖的。

舒文俊在上门到骆国华家做拆迁动员工作时，曾亲眼目睹骆国华做豆腐的过程，发现他做豆腐做得非常精细。磨豆腐的豆子筛了又筛，豆子磨出来的浆白亮亮的，上锅熬的时候，那火候掌握得极好，而后再用卤水去点。等豆汁熬成，点好后，用细布滤出来，晾到一定的程度，再放上一块大石板压上一段时间，豆腐就做成了。骆国华用的都是传统的制作工艺啊，难怪比其他全程用机械设备制作出来的豆腐好吃多了。舒文俊自从吃过一次骆国华制作的豆腐后，每次经过他家门口，都忍不住要买几斤回去。

骆国华的豆腐坊最开始是在路旁用油粘纸搭了个棚子，街坊们可以用钱买，也可以拿豆去换。可他每日里只能磨五六盘豆腐，供不应求，早早就有人端着盘子在那里排队了。在20世纪80年代末90年代初，没有肉的日子里，"骆记豆腐"往往是平常人家的一道主菜。

骆国华夫妻两人起早贪黑，生意越做越好，不久便在附近租了一间临街瓦房，买了些设备，扩大了豆腐坊的规模。

俗话说：人生有三苦，打铁、撑船、卖豆腐。豆腐通常都是晚上做白天卖，虽说现在有了机器，不用推磨盘磨豆子了，但骆国华夫妇仍是从早忙到黑，一天休息时间都没有。再加上做豆腐时机器声和锅盆瓢盆等嘈杂声音较大，邻居意见大，为此，他们被迫搬了多处地方。后来两个儿子渐渐长大，骆国华夫妇便商量决定自己建栋房子，这样就可以站稳脚跟，真正有了自己的家。骆国华几经周折，终于在小金口骆屋村买了块地，建起了一栋两层半楼房。有了自家的房子后，骆国华夫妇感觉生活过得特别舒心，两个儿子也分别成了家，相继有了小孩。

骆国华再次扩大他的豆腐坊，还购进了一套生产腐竹的机器，一大家子人生产豆腐、腐竹、千张之类的豆制品，生意非常红火。

2009年5月莞惠城际铁路开工建设。这是连接东莞和惠州两座城市的城际铁路，属于珠三角城际铁路网的组成部分之一。骆国华的房子恰好就在莞惠城际铁路惠州段终点站里面。当骆国华夫妇俩看到政府公布的有关拆迁公告后，得知自己的房子在拆迁范围内时，忍不住抱头痛哭。卖豆腐，本小利也小，当初骆国华是倾尽了夫妻俩多年挣得的所有积蓄，又跟亲戚朋友借了些钱才建起了这栋房子。有钱人家都是一建到顶，可骆国华的楼房却是一边挣钱一边建，一砖一瓦都是靠卖豆腐攒了买回来的。就这样，这栋占地80多平方米的两层半楼房陆陆续续地建建停停，耗时五年多才全部建起来。为了节省人工钱，骆国华夫妻在忙完卖豆腐活儿后，还经常亲自上阵当建筑小工，可以说这栋房子的一砖一瓦都是骆国华夫妻俩的无数心血与汗水。

可骆国华夫妻都是深明大义的人，尽管心中非常不舍，但还是非常配合政府做好拆迁工作，成为首批拆迁的人家，为此还获得了政府的一笔拆迁奖励金。

得到补偿款后，骆国华在惠州市区里给两个儿子每人交了一套房子的首付。两儿子也都学到了父亲制作豆腐的本领，到市区后很快就各自打开了自己的市场。骆国华夫妻俩则在舒文俊这些拆迁干部的张罗下，在小金口街道又租了一个小档口，继续卖他的豆腐。他对舒文俊说："除了做豆腐，我和老伴其他事情都不会，只要我们还能动，我们就一直做下去。""好的骆哥，那我们就有口福了，我们街坊以后一定会多多来帮衬的！"舒文俊高兴地握住他的手说道。

是啊，斗转星移，世事万千。许多像骆国华这样的拆迁户，虽然对老房子十分不舍，但他们顾全大局，深信拆迁之后会有一个全新的开始。未来，肯定会更美好，更幸福！

# 第八章　堪称奇迹的两大战役

把拆迁比作"看不见硝烟的战场"一点不过。凡各大项目上马，都有工期限制。工期不等人，如同打仗，错过了就全盘皆输。在城区拆迁史上，有两场硬仗，因为征拆工作指导思想正确，工作人员集思广益，当地百姓顾全大局，终于打出艰辛却漂亮的两大战役。

## 一、五天告捷的闪电战

眼看已经临近中午下班时间，笔者正犹豫着是否跟河南岸街道办事处主任姚康另约一个采访时间，不料他却风尘仆仆地从惠城区政府赶回来了，笑意盈盈："不好意思，区领导的会议延长了一个小时，耽误了你一点时间，但我答应的事无论工作再忙，都是要抽出时间来跟你聊一下的。"

姚康中等个子，戴着一副眼镜，他跟笔者谈起他处理过的一个非常特别的拆迁项目——沃尔玛山姆会员店项目。

沃尔玛是一家美国的世界性连锁企业，总部设在阿肯色州本顿维尔。以营业额计算为全球最大的公司，其控股人为沃尔顿家族。沃尔玛主要涉足零售业，是世界上雇员最多的企业，连续三年在美国《财富》杂志刊登的世界 500 强企业中居首位。沃尔玛公司有 8500 家门店，分布于全球 15 个国家。沃尔玛主要有沃尔玛购物广场、山姆会员店、沃尔玛商店、沃尔玛社区店等四种营业态式。

2015 年，惠州市委、市政府和惠城区委、区政府为了引进沃尔玛，马拉松式的谈判谈了多年，最终敲定了一个合作框架协议。

项目地址最后确定在河南岸街道办事处的金山湖岛外的金山大道二桥附近。在合作框架协议里面，"沃尔玛"公司提出了一个相当苛刻的条件，那就是要求政府要在 5 天之内清理出 100 亩地交给他们，并且要通过他们的工程部、投资项目部等部门的验收合格才行。

惠州市委书记把惠城区区长叫过来："我给你们 5 天时间，你们有没有办法完成 100 亩地的清场交付工作？"区长知道为了引进这个国际一流的大企业，许多市领导都耗费了无数的心血，好不容易才将项目落地了，在这最关键的节点上怎么能掉链子呢？假如这个环节断了，那之前所有的努力都会前功尽弃，于是区长当即在市领导和外商的面前表态："坚决完成任务！"

区长回到惠城区政府后，马上召集河南岸街道办事处书记和主任姚康过来开紧急会议，跟他们通报了项目情况，让他们一定要全力做好沃尔玛项目的征地拆迁工作。会后，区长又特别把姚康叫到了他的办公室："姚主任，在市委、市政府领导和美国客商面前，态我表了，合同我也签了，你们都知道，美国人是很讲究契约精神的。我们区政府有没有信誉，就靠你们了。"

当时，姚康的头一下子大了：5 天时间，要征拆交付 100 亩土地，从何入手啊？在河南岸街道办事处工作多年，对辖区各村委会各居委会情况了如指掌的姚康，十分清楚这个项目征地拆迁的难点所在：第一，就是这个项目里面涉及四五个村民小组的回拨地问题，政府在这些地方还有 104 亩的回拨地没有落实，这问题已经拖了近 10 年没有最终解决，村民对此意见很大。第二，这里面有一个叫"荷莲"的村民小组，内部存在着很多的纠纷，有许多历史遗留问题没有解决，所以之前该村民小组一直不太配合政府的工作，要求政府先解决历史遗留问题后再说。然而要解决这些历史遗留问题都不是几天功夫就能完成的。第三，就是项目选地中有一个果园，因为承包问题存在着合同纠纷。第四，征地拆迁走报批程序，要经国土局、财政局、审计局等多个部门审批，就算是一路绿灯，通常都要三个月时间；第五，也就是最大的一个问题，那就是这个项目的资金毫无着落。

可就算是面临着无数的困难和问题，姚康还是硬着头皮先把任务领回去。回到河南岸街道办事处后，他马上召集所有班子成员开紧急会议。姚康在会上说道："我们现在所能做的，一个是要下死决心，统一思想，这是区委、区政府交给我们河南岸街道办事处的一个艰巨任务，但也是区委、区政府对我们的信任，我们一定要化压力为动力，全力以赴地完成这个工作……"他们马上采取措施，抽调精兵强将，把管国土、管城管、管治安、管政法等部门最得力的工作人员抽调出来冲锋陷阵。一方面要强势介入，针对一些难通户要通过社会上的各种关系去做他们的思想工作，明确告诉他们，这是市委、市政府要实施的一个造福百姓的大项目，阻挠是没有任何意义的；另一方面是对项目所在地的村企合作企业，明确告诉他们要想在河南岸这边发展就一定要支持政府的工作，如果不支持政府，否则他们的项目政府日后也无法给予支持……

散会后，大家马上分头行动。

有一个叫刘正可的村民小组长，是个特别难缠的刺儿头，因为他的村小组最多历史遗留问题，政府许多办事人员一提到他就摇头。当刘正可得知政府要来他们村小组进行限时清场时，他立马躲了起来，不肯配合，放话说政府一定要给他们解决了历史问题后再来谈拆迁。姚康为了找到他，做通了一个与他有合作的私企老板的思想工作，三更半夜把他从几十公里外的一个城镇亲戚家里找出来。姚康推心置腹地对他说："刘组长，你们村的问题政府一定会按程序解决，但目前这个征地拆迁项目是市委、市政府督办的事情，如果你不出来支持这拆迁工作，那你就不配做一个党员，不配当这个村干部，而且政府以后也不会支持你们村小组的工作，包括现在与你们村小组有合作的企业也会中止与你们村小组的合作。总之所有后果都由你负责。"姚康的话句句点中了刘正可的要害。无奈，他只好乖乖地连夜回到村里配合征地拆迁工作。

俗话说"巧妇难为无米之炊"。在征地拆迁过程中，有时也会因种种原因导致补偿款未能及时到位。在补偿款不到位的情况下进行拆迁，大部分拆迁户全凭着对人民政府的一片信任，但也有个别拆迁户是不愿意配合的，他们害怕"打死狗讲价"。对这些拆迁户，姚康等逐一上门去做工作，消除他们的疑虑。

时间转眼间就过了三天半。就在姚康带领拆迁工作组有条不紊地推进着各项工作时，三四十个村民受到一些别有用心的人的蛊惑，集体到项目现场来闹事，要求政府必须解决宅基地等历史遗留问题。他们有的堵住了马路，有的坐在推土机前，阻挠清场施工。此时离限定的五天时间只剩下一天半时间，如果给这些村民一耽误，那前面所有的工作都白做了。

美国方面负责沃尔玛项目的老总叫彼特，他说了，如果工期延误或是验收不合格，那笔准备投放惠州的资金就将退回美国总部，这个项目不做了。这也意味着我们中方违约。

姚康心急如焚，他和办事处书记两人坐在一条田埂上商量对策："我们花了那么多的心血，上上下下奔波劳碌，九十九个头都磕了，就差一哆嗦，怎么能让这几十人坏事？"二人思来想去，决定采用孙子兵法里面的"调虎离山"计：由书记引领闹事的村民到冷水坑村委会去处理他们的诉求，而姚康则马上通知司法局公证处的工作人员过来，因为所有征收的土地都已经签了拆迁协议，让司法机关来现场做个公证，做好相关的法律程序。同时火速调来三台大功率的推土机，等公证人员做好公证手续后，以迅雷不及掩耳之势清理了所有的障碍物。

终于熬到了第四天，天公竟然添乱，一场大雨说来就来，毫无商量。项目现场一片泥泞，所有拆迁工作人员身上都是黄澄澄的泥巴，泥人一般。此时，现场还有两户村民因没有人手搬迁所以还没有腾空房屋。姚康见状，马上召集所有拆迁工作人员撸起袖子，冒雨帮忙搬家。

日历的时针指向了拆迁的第四天上午。沃尔玛项目场地基本清理完毕。望着那片空旷整洁的项目场地，姚康有种石头落地般的轻松。

沃尔玛项目部一个姓祁的经理，拿了一部 GPS 机进行现场丈量验收，看到场地上还有几棵草莓没有处理，都要求清理干净。姚康二话没说，马上和大家一起动手清理。到了第四天的中午，项目用地的验收通过了！

从沃尔玛深圳总部过来接收项目用地的一组人员来到惠州后，不太相信四天半的时间就可以将100多亩地清完。他们站在平整、空旷的项目场地面前，都觉得非常不可思议，纷纷竖起大拇指，称赞这是"河南岸速度"！惠城区委、区政府的领导也来到了现场，看到姚康一众人个个穿着水鞋浑身脏分分的像泥猴子一般，感动得紧紧握住他们的手："好样的，你们是一支能打大仗、能打硬仗的队伍！"

事后，沃尔玛项目负责人彼特对姚康说道："我们总部已经准备好了两封递交给市政府的信，一封是批评信，一封是表扬信。批评信的内容说的是惠州市委、市政府和惠城区委、区政府完成不了这个项目的拆迁工作，等约定的五天时间一到，我们就把批评信直接递交给惠州市委、市政府，再抄送一份给区委、区政府。如果你们按期完成了，那我们递交的当然就是表扬信。"结果惠城区委、区政府最后收到了沃尔玛公司寄出的表扬信。表扬信里有一句话让姚康印象非常深刻："在沃尔玛山姆会员店项目征拆过程中，河南岸街道办事处表现出极高的执行力和办事效率，我们对这样的政府有信心！"能得到世界500强龙头老大企业的高度赞扬，姚康心里非常感慨：河南岸街道办事处全体工作人员团结一心，以行动证明了中国政府的办事能力和效率，用行动维护了中国政府的诚信形象和中国的契约精神。

至此，全省最大的沃尔玛山姆会员店终于落户惠州。这沃尔玛山姆会员店是沃尔玛（惠州）乐视界购物中心主要组成部分，也是广东省第三家沃尔玛山姆会员店（此前两家分别落户深圳、珠海）。据项目相关负责人介绍，沃尔玛（惠州）乐视界购物中心项目占地约4.9万平方米，总投资约1亿美元。该项目将按照山姆的黄金法则建成全球样板店，建成以后是一个长期整体持有、长期经营的现代化、高品质、一站式的具有国际水准的大型纯商业企业。根据规划，这项目共包括地下二层，地上三层，总建筑面积约11万平方米，其中商业面积约5.3万平方米，总停车位约

1800 个，项目建成后主要用于山姆会员店和可租赁商铺。项目进入运营稳定期后，年纳税额为人民币 3000 万 ~3500 万元，并可提供就业岗位 900 ~1100 个。

用姚康的话做结束语："拆迁谁都怕，谁都有压力，谁都不想做拆迁工作。以前说政府工作抓计划生育是天下第一难，现在搞拆迁是第一难。因为拆迁所涉及的，都是与老百姓利益息息相关的大事，谁都想把自己的利益最大化，这是一个艰难的博弈过程。随着近年房价的不断飙升，有关拆迁工作压力也不断地加大。所以说，拆迁也是考验一个干部能力的试金石。"

## 二、十个寒暑才打赢的持久战

一日，博罗县街头突然出现了近千人的游行队伍，不是庆祝活动，也非喜庆巡游，而是抗议垃圾焚烧站拟在博罗西金落地。参加游行的多是周边村民，也时有县城各行业人员不断加入。他们打着横幅，喊着口号，情绪激动。

此事为何能引起如此轩然大波？此事还要从头说起。

2014 年 6 月，惠州市环卫局发布了《惠州市环境卫生专项规划（2014—2020）（草案）》，根据该规划的草案测算，惠州市仅惠城区与仲恺区到 2020 年生活垃圾日处理缺口就可达到 1009 吨/天。因此，规划另外选址新建惠州市垃圾处理场已刻不容缓。

位于惠州市区高榜山下、火车西站附近有一个叫共联的小村庄，村里有 4000 多名村民。奇怪的是，在过去 20 多年里，共联村的年轻人每年征兵竟然没有一人能通过兵检，普遍因血液和皮肤等方面的疾患被淘汰。这一现象引起了惠城区政府的高度重视，由区人大牵头，组成了有相关专家参与的调研组进行实地调查，结果查出的主要原因是：垃圾长期填埋污染了地下水源所致。那时的共联村还未通自来水，村民们一直都是饮用井水，才在浑然不知中遭受此厄运的。

据悉，位于共联村附近的垃圾处理场，是一个集卫生填埋、垃圾焚烧处理、填埋场渗滤液预处理、填埋场沼气综合利用的综合垃圾处理基地。其中垃圾焚烧发电厂于2001年经省计委批准立项，2002年10月通过省环保局审批，2007年12月经省环保局审查同意后正式试运行，建设总投资近5.4亿元，日处理垃圾1000吨，由市环保部门负责对其开展环保监督性检测。当初惠州市垃圾处理场的选址，也是经过了层层的科学论证。然而随着历史的变迁，尤其是城乡一体化发展进程迅速，这里已与城区连成一体。据时任惠城区人大常委会一个副主任介绍，当时使用的垃圾处理设备是20世纪80年代生产的比较先进的设备，后来渐渐落伍并趋于淘汰。岁月流转，物转星移，随着城市化进程的飞速发展，曾经的惠民设施——垃圾处理场也渐渐显露出它的负面影响。除了污染地下水源外，垃圾处理场每天散发出的污烟和臭味弥漫了惠城区政府、上排片区及西湖周边地区。因它位于被称作城市之肺的高榜山下，红花湖畔，也影响了市民休闲健身的良好环境。首当其害的当然是共联村村民。"据粗略测算，那时的垃圾处理场离共联村和居民区不足100米，离惠城区政府不足1200米，离西湖不足2000米。"陈泉介绍说："垃圾处理场离市区如此之近，严重影响了上万居民的生活和惠州城市环境形象及经济发展，也不利于快速发展的城市格局。周边村民对垃圾处理场的抵制情绪越来越强烈。"

2010年当该垃圾处理场需要扩大征收约1000亩地作为垃圾处理场后备用地时，遭到了当地村民的强烈抗议。上排和共联村附近的居民纷纷在网络问政平台上投诉惠州垃圾发电厂经常排放废气扰民，强烈要求政府搬迁垃圾处理场。按广东省《环境与卫生》资料提供的"城市居民人均每天产生垃圾量1公斤"的方式推算，以惠州市中心区——惠城区为例，当时惠城区常住人口有120多万，每天产生的垃圾就有1200多吨。大量的城市生活垃圾堆存直接导致一系列问题：长期占用大量土地，严重污染空气、土壤和地下水，城乡结合区域生态环境恶化，居民生活质量下降，并且会引起严重的社会问题和经济问题，这一系列问题已经制约着人与环境的和谐共处及可持续发展。惠州市区现有的垃圾处理场所和设备已经难以处理日增加的垃圾，如何解决垃圾问题，还城乡居民一个健康、洁净的生存环境，已成为惠州市人民十分关注的一个民生大问题。

于是，便有了45名市人大代表联名要求搬迁垃圾处理场的议案。这份沉甸甸的议案也终于在老百姓的一片赞扬声中获得通过。然而，就是这样一项惠民、利民的举措，在选址过程中却屡屡碰壁，经历了意想不到的艰难和坎坷。

大型环卫设施的搬迁和选址本就不是件容易的事，程序非常严格而复杂，需经过环卫、环保、发改、土地、规划、建设、市容等多个部门调查和研究，最终通过市政府和省有关部门审查同意才得以实施。按照国家的环境评价指导原则，项目周围3公里半径的圆形区域属于环境风险评价范围，而以项目为中心边长5公里的正方形则是环境空气评价范围。惠州市政府和惠城区政府的相关部门通过深入调研、走访并经专家反复论证，最后提出了三个拟选址并进行了公示。

公示一出，像一颗重磅炸弹，引起了各方的强烈反响，言辞激烈的论战也由此拉开了序幕。博罗县的游行也是此事引发的。

正如市环卫局工程技术科一位科长所说那样："谁都不希望家门口或家附近有个垃圾场，无论搬到哪里都会有人反对。但垃圾处理中心对于一个城市，就像每个家庭的卫生间，是必备的。"这话说出了大众心声。

在《惠州市环境卫生专项规划（2014—2020）草案》（下称《专项规划》）第二次为期一个月的公示到期后不久，《南方都市报》记者曾就这份影响着惠州未来城市卫生走向的重头文件，尤其是对涉及新垃圾焚烧场、填埋场的三个选址地点（龙丰龙潭底、博罗西金、汝湖）采用了实地走访、入户问卷和网络采集等方式进行了详细调查，发现三个拟选址周边的居民有 3/4 的受访者不同意在自己周边建设垃圾处理场。调查发现是大部分受访者对垃圾处理项目认识不足，其中最大的担忧是怕影响生活质量。

南都记者依据卫星地图对三个拟选址的利弊一一加以论证。选址一是龙潭底：这里绝大部分是山地，人居地带非常稀少，距离中心市区约 10 公里，地形对垃圾填埋场的建造较为有利。选址二为位于博罗县东部的西金，距市主城区约 21 公里。该选址分为生活垃圾焚烧厂和无害化填埋场两块用地。该选址四面环山，中部地势较缓，山体坡度较小。选址三为位于惠城区汝湖镇西北端大良村还里地段，距惠州市主城区约 16 公里。它北、西、东三面环山，三面高中间低的地形犹如一个天然的大型簸箕，比较符合垃圾填埋场的地理需要。

但在三个选址中，附近分别有角洞水库、白鹭湖、稿树下水库、观洞水库，都先后被列入惠州市饮用水源保护区或为市区的备用水源之一。这几个选址让政府伤透了脑筋。在日新月异飞速发展的城市里，要选一个合适的地方做垃圾处理场谈何容易！

垃圾处理场属重大基础设施，是一项难度大而复杂的系统工程，需充分考虑市区远期社会经济发展、城市建设、人口规模、规划布局、水文、气象、地质等自然环境条件，生活垃圾处理量、垃圾处理的技术和设备等诸多因素。政府协同相关各部门又经过多次反复筛查，千挑万选，最后，专家将新建垃圾焚烧厂的地点定在了惠城区芦洲镇一个荒废的林果场。

垃圾焚烧发电厂选址在芦洲镇一经公示，又炸了锅一般，这次是"邻避效应"。这是一个比较陌生的概念。邻避效应（Not In My Backyard，意为"不要建在我家后院"）指居民或当地单位因担心建设项目（如垃圾场、核电厂、殡仪馆等邻避设施）对身体健康、环境质量和资产价值等带来诸多负面影响，从而激发人们的嫌恶情绪，滋生"不要建在我家后院"的心理，及采取强烈和坚决的、有时高度情绪化的抗争行为。由于担心垃圾焚烧发电厂可能产生剧毒物质二噁英及其他污染，项目公告一出，芦洲镇果林场附近的岚田村和墩子场村的村民马上群情激愤："为什么要把垃圾场建在我们这里？""垃圾场建在我们家门口，我们的家园还能住人吗？""绝对不能让垃圾焚烧发电厂落户！"作为普通人，大多数人对垃圾焚烧发电厂都不了解，网上也充斥着很多不利于建垃圾焚烧发电厂的言论。一天，芦洲镇政府门口突然传来"鸡屎拉在我家后院，鸡蛋下在别家院……"的口号声，原来是数十名村民来到芦洲镇政府抗议垃圾焚烧发电厂建在芦洲。

其实，不仅老百姓工作难做，反对垃圾焚烧发电厂落户芦洲镇的第一人不是村民，恰恰是芦洲镇的一把手——党委书记林文。林文人如其名，长得温文儒雅，像个中学教师，说话铿锵有力，声自丹田，撞钟般洪亮。他主政芦洲镇多年，执政一方，一心为民，对这片土地和这片土地上的人民有着浓厚的感情。自得知垃圾焚烧发电厂选址芦洲镇时，他急得寝食不安，在市里组织国土、环卫、环保等部门和众多专家召开的论证会上，他提出了强烈的反对意见：第一，路程太远，从市区到芦洲镇有 67 公里，长途跋涉，不仅会增加巨大的人力、物力和财力的消耗，也会容易出现二次污染，让许多沿途居民受到影响；第二，芦洲镇紧靠东江边，而东江是一条有 7000 多万人饮用的水源，尽管垃圾焚烧发电厂距东江有几公里远，但难免没有影响；第三，芦洲镇处于惠州市的东北部，到了冬天，北风一刮，垃圾焚烧发电厂排出的气味就有可能飘到市区去。然而，各部门和专家组成员对林文提出的意见均予以专业性的答复。市里区里的领导也先后找他谈话，让他不要过分担心，要有大局意识。专家们在各个环节里都会有很好的应对措施。林文知道自己是接到了一个极其烫手的山芋。他既不能偏向上级政府对付老百姓，也不能偏向老百姓对抗上级政府，真是两头为难，里外难做。但当项目确定落户芦洲镇时，他纵有千般不愿也唯有勉力配合，因为他是一个共产党员，一个乡镇党委书记。

因为博罗县的游行事件在全国引起不小的反响，林文在工作中是慎之又慎。他比村民更加清楚处理垃圾是项公益事业，但效益是由城市全体居民共享，但可能出现的污染风险则要由周围的村民承担。这搁谁心里都不舒服。他很理解来抗议来上访的村民，并耐心说服劝导。

建于 70 年代的芦洲果林场当时归镇政府管辖，为知青林场。后来知青回城，林场用地被附近几个村的村民先后占用。因归属不清，征地时便出现了很大争议。为了尽快取得征地工作的顺利进展，惠城区政府领导分批率队到芦洲镇协调、督导。为了消除村民的疑惧，惠城区政府决定组织项目附近几个村的村民到邻近城市的垃圾焚烧发电厂参观考察，实地查看先进的垃圾焚烧发电项目是什么样子。

"去外地参观考察垃圾焚烧发电厂？去不得！去不得！"村民见芦洲镇政府的拆迁工作组来动员村里人外出考察，个个都把头摇得像拨浪鼓，一口回绝："我去了，不就代表服了软，同意建垃圾焚烧发电厂了？"响应者寥寥无几。甚至有村民私下四处串联说："谁敢去看，谁就是村里的叛徒！"

无奈，镇政府只好动员岚田村和墩子场村的十几名村干部第一批出去考察。墩子场村委书记陈大可是第一个主动报名参加的人。他认为"有毒没毒，眼见为实"。这个垃圾焚烧发电厂是一个牵涉到全村人的民生大事，作为村里的领头人，他有责任有义务去求证真相，给村里人一个交代。

当时因政府在焚烧发电厂方面的信息公开也很有限，陈大可认为垃圾焚烧肯定污染严重。想想在自家屋子门前堆个垃圾都嫌臭，田里烧个秸秆都黑烟滚滚，那么大个垃圾焚烧发电厂就建在家门口，怎么受得了啊！同时，他也在网络上看到许多言论，说什么垃圾焚烧的时候很臭、污染很大，黑烟和污水乱排等等，像打开盒子的潘多拉一样。

陈大可随着考察组来到了位于惠州市博罗县湖镇新作塘村的光大（博罗）生态园——博罗县首个生活垃圾焚烧发电厂。这个发电厂在2015年5月正式建成投产，为博罗17个乡镇提供垃圾焚烧服务，日处理垃圾量可达700吨。考察组进了厂区后，陈大可下了车就迫不及待地四处观察起来。博罗县环卫局一个相关负责人介绍说："这里的垃圾由环卫部门负责收集，经转运站压缩后，由环卫部门每天用密闭式清运车运至焚烧厂内，进行焚烧处理。"陈大可从他的介绍中得知，博罗县生活垃圾焚烧发电项目是省重点建设项目，"十二五"期间全省共规划建设生活垃圾焚烧发电厂 36 座，博罗县生活垃圾焚烧发电项目是其中之一。目前博罗全县 17 个镇各建了一座垂直压缩式生活垃圾中转站，生活垃圾经过高压压缩后再用专用的密闭式运输车运送到生活垃圾焚烧发电厂，不会对厂区和沿途周边环境造成污染和影响。发电厂在设计时考虑到群众透明化参观的需要，特意将参观通道对着车间的墙，临通道的墙面都装置为落地透明玻璃。陈大可在现场观察到，进厂垃圾经地磅过秤后沿引桥进入卸车大厅，倒入垃圾仓，卸完垃圾后的空车过秤后，再驶出厂区，在运输过程中没有出现污水和垃圾撒漏现象。隔着透明的大玻璃，可看到在一个 20 余米深、可容纳上万吨垃圾的池子里，刚运来的垃圾和已经发酵的垃圾分区域放置。抓钩将发酵好的垃圾抓起放到给料斗里，然后推入往复式机械炉排炉燃烧。

光大环保能源（博罗）有限公司一位技术经理向参观者介绍，该企业经过技改在垃圾车至卸料大厅加装拱形密封通道，卸料大厅的入口有自动快关门和风幕风机使卸料平台处于完全密封的空间，保障臭气不外漏。垃圾仓紧挨焚烧间，处于负压状态，此外，在垃圾仓顶加设除臭抽风系统，保证焚烧炉的臭气不向外扩散，从垃圾仓顶抽出的臭气经过除臭装置净化、脱臭后排出，以避免臭气污染环境。

"据我了解，垃圾焚烧过程中会产生炉渣、飞灰，特别是致癌物二噁英，请问你们是如何处理的？"陈大可向技术经理提出了一个他最关心的问题。

技术经理朝陈大可竖起了大拇指："这个问题问得好，看来你这个年轻人是有备而来的！"他笑着解说："垃圾焚烧过程中产生的炉渣经处理可直接填埋，或经过筛分、磁选等工艺后制成建材砖块使其变废为宝。若每日燃烧 700 吨垃圾，大概能产生 21 吨炉渣和飞灰，我们会加入30%水、3%螯合剂以此稳定处理，通过检测并达到相关标准后就送至博罗县生活垃圾填埋场进行填埋。垃圾焚烧过程中会出现二噁英有害物质，但当锅炉温度达到850℃后，二噁英会完全分解成气态，此时采用急剧降温后成晶体状，通过尾部活性炭吸附等方法对二噁英进行有效控制，确保排放标准达到欧盟2000标准，不会给垃圾焚烧发电厂周边居民造成危害。"言毕，他还特别补充道："二噁英听起来非常可怕，事实上，垃圾焚烧并不是二噁英的产生大户，在汽车尾气排放、吸烟、燃放烟花爆竹等过程中，都会产生二噁英。"

"那你们在垃圾运输和生产过程中，是如何控制臭气的？"另一个村干部也说出了自己的疑问。

"恶臭主要来源于垃圾本身，主要发生在垃圾储坑、垃圾卸料大厅、渗滤液储坑和焚烧炉等附近。为避免臭气外溢，我们采用压缩封闭的自卸式垃圾运输车，并在垃圾焚烧发电厂主厂房卸料平台的进出口处设置垃圾卸料门。垃圾池也采用密闭结构，焚烧炉助燃用的一次风从垃圾储坑顶部吸取，运行时垃圾池保持微负压状态防止臭气外溢。"技术经理答道。

考察组的其他成员，尤其是村干部们也都纷纷提出了各自关心的问题。

陈大可在绿色园林包围中的厂区内全程参观时，闻不到臭味，也没有发现烟囱冒黑烟的现象。他还留意到，发电厂的办公区生活区距垃圾焚烧炉的生产区不足500米，平时员工们就生活居住在里面。生活区附近，还有内设水果蔬菜种植区、水产养殖和休闲垂钓区等生态种植休闲区，不时还有附近的村民前来游玩。

在垃圾焚烧发电厂大门前、数据监控室都安装有LED大荧幕，显示屏上分别显示国家标准、欧盟标准及在线实时监测的数据。技术经理对陈大可等村干部解释道："这样做是为了方便群众进行对比，这些普通百姓都能看懂的数据，我们欢迎群众监督，随时前来查看数据。"他说，如果实时监测的数据超出相关标准，就会亮起红灯警示，该企业目前正与惠州市环保局沟通衔接，在做好光缆传输后便可在环保局网站上进行在线实时监测。

陈大可参观回来后还是不放心，心想博罗县的垃圾焚烧发电厂会不会在他们参观时就按标准来操作，其他时间就会违规偷偷排放呢？没隔多久，他又独自一个人偷偷地去了一趟博罗县垃圾焚烧发电厂。这次他没有进厂区，而是在厂区附近的村子转了几圈，角角落落都看个仔细，还向附近的村民了解了相关情况，也没有发现"恶臭熏天、污水横流"的现象。一些热心的村民还把那些"烟气污染"和排出来的"污水"指给他看。他亲眼目睹到的是焚烧厂散热塔散发的水蒸气和排出的冷却水，而焚烧厂的烟囱竟然看不到烟气排放。

后来，陈大可还跟随其他考察组到了江西南昌泉岭生活垃圾焚烧发电厂等考察，结果都差不多。他还发现有些垃圾焚烧发电厂外边还有很多外来人口在谋生，人来人往非常热闹，假如真的很不堪，外来人口没有理由继续留在垃圾焚烧发电厂旁边谋生。

陈大可是一个尊重事实的人。"不看不知道，一看放心了。"陈大可和其他的村干部外出考察回来后，马上配合镇政府的征拆工作组给本村的村民现身说法。村民对镇里来的工作组很排斥，但对陈大可却是很热情，因为这是他们自己投票选出来的干部，许多村民还是看着陈大可穿开裆裤长大的呢，信得过！于是，垃圾焚烧发电厂涉及的附近几个村子的村民就在陈大可等村干部的动员下，陆续跟着考察组走出了家门。

那段时间，惠城区政府门口每天早上有十多部大巴在此迎候，把一批一批村民送出去考察，又一批一批接回来。不知情的还以为是政府部门的工作人员外出旅游呢。连开始闹得最凶的那几个村民，参观后再也不吭声了。为了打消一些外出务工的村民对垃圾焚烧项目的疑虑，林文书记还因势利导，安排征拆工作组带着陈大可等村干部，连同焚烧发电厂相关的技术人员分别到惠阳、惠东、仲恺等地召集外出务工村民开了几场会议，现身说法，现场答辩。看清楚了，问清楚了，村民也就放心了。从2017年6月开始征拆，9月份前就顺利交地。惠州市政府的秘书长亲自打电话向林文表示祝贺，他在电话里动情地说道："我知道你们在这个垃圾焚烧发电厂项目里受了很多的委屈，一直都是'只做不说，多做少说'，项目在这么短时间内完成拆迁，顺利上马，真是辛苦你们了，我替全惠州市人民感谢你和芦洲镇人民！"曾经估计自己头发要白掉一半才能完成焚烧厂征拆项目的林文，在电话里无限感慨地说道："其实，只要工作做到位了，我们的老百姓是最通情达理的。"

2018年7月中旬，笔者来到了位于芦岚林果场的"惠州市生态环境园"。首创环境控股有限公司的惠州工程项目部总指挥李国华先生热情地接待了笔者，并告知惠州市区垃圾焚烧发电项目建设已经初具规模，高高的冷却塔和烟囱都已完成封顶。

惠州市区垃圾焚烧发电厂将于2018年12月25日建成并试运行。惠州市区垃圾焚烧发电项目已纳入广东省"十三五"规划，是一项重大民生工程，民心工程。这个项目的建设对于有效缓解惠州城区用电紧张的局面，实现城市垃圾资源化、减量化、无害化处理，改善城市环境，完善城市功能，建设"美丽惠州，生态惠州"等具有十分重要的意义。

从开始选址到落成，其间经历了数年的时间，所费的周折不亚于一场艰苦卓绝的持久战。天道酬勤，历经九九八十一道劫难和险阻，我们的政府和人民终于赢得了这场持久战，为全市人民解决了后顾之忧。感谢芦洲这片饱含深情厚谊的乡土，并为大仁大义的芦洲人民送上美好的祝福！

# 尾 声

掩卷收笔之际，我们的心情难以平静。

一部以"拆迁"这个极其敏感的话题为切入点的报告文学，起初并没有想到其中会有那么多波澜壮阔、撼人心扉的故事。随着采访的深入，拆迁工作人员那一个个动人心弦、感人至深的故事不断打动和荡涤着我们的心灵。情系百姓、阳光执法、呕心沥血，惠城区拆迁工作人员鲜为人知的付出，想必也一定能够打动读者。

"所有的凯歌都是用热血和青春去谱就的"。如今的惠城区，早已打通了七大出口，"南进北拓、东西伸延"，"五横三纵"的高速公路通车，广梅汕铁路、京九铁路、惠大高速，均已穿越惠州市境，莞惠轻轨铁路结束了惠州市内没有城轨的历史。惠州机场民航开通十条航线，可达国内24座城市，2018年机场旅客吞吐量达到188万人次，形成海陆空交织密布的交通网，连接四面八方，通向五湖四海。城市发展格局业已成型，功能愈加完善，城市综合竞争力和品位得到了全面提升。惠城区生产总值也从1988年约2.72亿元，增加到2017年约738.19亿元，30年增长了271倍多，从此开启了惠城区发展新的纪元。

如今日新月异的鹅城，已亮出了俏丽容颜。看：东江大桥、合生大桥、惠州大桥、中兴大桥似彩虹飞落江面，连接南北气势如山；两江四岸，繁花锦簇、灯光璀璨；红花湖绿道、观景大道，绿树成荫，让人流连忘返；惠州大道、惠民大道、惠南大道、惠新大道、惠博大道、三环、四环，条条大道被鲜花铺满，织就了这座城市畅达的交通命脉；滨江、东江、东江沙公园，东湖、新湖、金山湖公园……星罗棋布，姿态万千；万佳、丽日、百佳、天虹、国美、苏宁等商业品牌纷纷落户，形成麦地、演达、花边岭、江北新型商贸圈，人气鼎沸，热闹非凡；港惠新天地、华贸、佳兆业，再绘繁华、高端的商业贸易圈；配套齐全的现代化住宅小区，鳞次栉比的高楼大厦，在这座二线城市里随处可见；文化艺术中心、西湖大剧院、东坡祠、博物馆把优秀的传统文化传承发展；文明城市创建、打造美丽乡村，还给老百姓清水绿岸；一个个惠民利民工程，一项项惠民举措，使它荣膺"中国最具幸福感城市""中国十佳宜居城市"的殊荣。最令人欣慰的是，在城市飞跃发展的进程中，没有以牺牲环境为代价，保住了鹅城珍贵的绿水青山。尤其是惠州区委、区政府对于古代遗迹、传统文化建筑的有效保护，为城市的建设发展积累了宝贵经验，树立了可效仿的榜样，对于体现城市历史底蕴和文化品位，意义深远。

拆迁，是城市发展最艰难的一个环节。因为惠城区政府高屋建瓴，主导思想明确，把阳光拆迁、依法拆迁、和谐拆迁始终贯穿在整个拆迁工作中，让"拆迁"这个敏感、冰冷的词汇变得生动而充满人性的柔情，把一切不利于拆迁的因素成功化解，一键清零。

历史文化名城的荣耀已落在岭东名郡——惠州大地之上。而惠州惠城区在"岭东名郡"这一历史画卷上，留下了不同凡响、浓墨重彩的一笔。